阅读改变女性 · 女性改变未来

山本耀
山本耀司：我投下一枚炸弹
Yohji Yamamoto : My
动物绘

WiFi
求关注
@艾派19八3
@19八3的鼓浪屿
网上注册免费成为会员
www.ap1983.com

提拉没有米苏 著

我敢/让自己活得不一样

WO GAN

RANG ZIJI

HUODE BUYIYANG

青岛出版社
QINGDAO PUBLISHING HOUSE

目　录

Part 1：早点开始富养自己

“穷养”长大的女孩也要富养自己 / 002
去努力，像太阳花一样 / 014
不能以不会爬树来评判一条鱼 / 022
与孤独握手言和 / 032
从微观的视角去看待改变 / 041

Part 2：把心态“放慢”

把心态“放慢” / 050
真正伤害你的，是你对事情的看法 / 058
把事情做到极致，美好会自然呈现 / 065
别人光鲜背后多的是看不到的努力 / 072
闪婚+裸婚，这两个时髦我都赶了 / 081
那些细碎的美好 / 095

Part 3:

做一个不动声色的大人

橘生淮南则为橘 / 106

做一个不动声色的大人 / 116

没事儿，有哥在 / 121

阳光下像个孩子，风雨里像个大人 / 134

我会念你的好 / 140

人生若只如初见 / 148

Part 4:

遇见更好的自己

你好，可以请你喝一杯咖啡吗 / 162

为了你，我要变成更好的自己 / 172

在这个世界上，什么东西不过期? / 190

南有乔木，可休思 / 199

你装饰了别人的梦 / 212

幸福只会迟到，不会缺席 / 222

遇见更好的自己 / 233

WO GAN

RANG ZIJI

HUODE BU YI YANG

Part 1：

早点开始富养自己

/ 活得不一样，

/ 是敢于为喜欢的生活而活，

/ 为更好的自己而活

“穷养”

长大的女孩

也要

富养自己

一、我是穷养长大的女孩

“穷养儿子富养女”，这大概是民间流传最为广泛的一句古训。很多人把这句话视为金科玉律，也有很多人因这句话而发出反对声音。

与这句古训相悖的是：我是穷养长大的女孩。

我说的“穷养”，不是父母帮我选择的教育方式，而是那时候我家确实穷，毫无选择，我只能“被穷养”。

穷到什么程度呢？

7岁，是我看《安徒生童话》的年龄，我有一个“公主梦”，渴望拥有一个属于自己的洋娃娃。有一次和妈妈赶完集准备回家时，我在一个小摊上看见一只布艺小娃娃，是摊主手工缝制的，现在回想起来，那个布艺娃娃只有中指那么长，三条粗粗的黑色棉线分别为两只眼睛和一个嘴巴，做工极为粗糙，价格是一块钱。我紧紧拉住妈妈的手，央求她给我买下，妈妈不允许。那会儿，拥有一个布艺娃娃对我来说简直是奢侈啊。我性格倔强，又加上委屈，便在集市上哭闹起来。妈妈既尴尬又生气，硬是拉扯着我走开。后来跟妈妈提起这段往事，妈妈眼圈发红，说，那次买完菜，浑身上下只剩下了两毛钱。

初中，学校在镇上，从家到学校有十几里路，中午得在校吃饭。学校里有餐厅，饭菜很便宜，一两块钱就可以吃得好。可为了省钱，我去餐厅买饭的次数寥寥无几，初中四年的午饭，我几乎都是从家带的馒头和咸菜。

高中是在市区读的，学校是封闭式管理，只有周三下午和周末是开放时间。周三下午，家长会带着各种好吃的来看望自己的孩子。整个宿舍只有我来自农村，其他女孩子都是市区里的。家长来看她们时，给她们带来糖醋排骨、鸡肉、鱼、虾……这些是我们家只有在过年的时候才可以吃到的东西，有时候甚至过年都吃不上。妈妈们都和蔼可亲地劝自己的孩子好好吃饭，说：“多吃一点儿，你看看你，又瘦了，学习很累吧？”因为离家远，路费又太贵，爸妈很少来看我。我一个人坐在一旁冷冷清清很是尴尬。之后，每个周三下午，我都会拿上一本书坐在操场上与夕阳为伴。没有多少诗情画意，只是为了避开家长和美食，还有那份浓浓的温情。

大一入学后的前三个月，我每月生活费是100块（其实500元才可以满足温饱）。后来生活费就没了，嗯，就是没了……三个月后的生活费和后来的学费都是我打工赚来的，每个周末去打工，圣诞节、元旦、劳动节、国庆节都去打工，寒暑假从来没有回过家，忙得连谈恋爱的时间都没有。就这样，一路磕磕绊绊，总算把大学读完了。

大学刚毕业那年，爸爸跟着包工头建筑作业时脚下一滑，从五楼摔下。当时妈妈给我打电话，哭着说："赶紧回家，你爸爸快不行了……"我听后头脑空白一片，转而强迫自己定神，轻声安慰妈妈："没事儿，肯定没事儿的。"

我冲进火车站买了最早的车票。在火车上，树木从窗前快速闪过，一幕幕往事涌上心头。我想起爸爸给我做的风车，他带我去麦地里放风筝，幼儿园有捣蛋鬼欺负我时他帮我"教训"别人。不管我长多大，爸爸都是我最温暖的靠山。现在自己好不容易毕业了，万一爸爸有个三长两短，我再也无法报答他了。想到这儿，我的泪水决堤，再也止不住。

到了医院，看见爸爸昏迷不醒，我开始恐惧，跑去找医生，医生告诉我："你爸爸命大啊，生命没有危险，只是摔断了六根肋骨，肺部有些戳伤，消消炎，慢慢养，就会好起来。"

医生短短几句话，却让我蹲在走廊上痛哭了半个小时。我心里高兴，就像埋在灰烬中的希望再次被点燃。可我只想哭，大声哭。走廊上来来往往的人很多，有的人停下看看我，再走开。还好，还好，谢天谢地，爸爸没事儿，只要爸爸还活着，一切都好，一切都好！

爸爸是家里的顶梁柱，他一倒下，很多人害怕了，纷纷来我家讨债。我钱包里有800块钱，来一个人我就给他们一两百，然后向他们许诺："你们放心，我已经毕业了，钱，我会使劲儿去挣，慢慢还你们。"

为了还债，爸爸把房子卖了，可卖房子的钱微乎其微。那天，妹妹给我打电话，说着说着哭了起来。我知道，那座房子承载了我们太多美好的记忆。

那一刻，我下定决心：爸爸妈妈因为生活受了多大委屈，我就让他们享多大的清福！

二、父母对贫穷的态度

那时家里的物质条件就是这种情况：穷到山穷水尽，穷到日暮途穷。

但是，父母并没有对我跟妹妹进行精神上的“穷养”。

爸爸妈妈对贫穷并无多少怨言。他们经常对我和妹妹说的一句话是：人穷没关系，怕的是又穷又懒惰。虽然家里物质生活匮乏，但爸妈并没有自暴自弃，一直勤勤恳恳地赚钱。虽然，赚的钱只是杯水车薪。

在这种条件下，爸爸妈妈省吃俭用，坚持供我跟妹妹读书。他们一直相信：读书是改变农村孩子命运的唯一出路。

妈妈曾考上了高中，因为家里没钱，辍学了。但是，她一直喜欢读书，每本书都做了读书笔记。我家里有一摞书，印象最深刻的是琼瑶的《几度夕阳红》和金庸的《雪山飞狐》，读小学一二年级时，这些书已被我翻看了无数遍，至今犹记得那些泛黄书页传递的侠骨柔情。妈妈培养了我的爱好——读书，跟她一样，我也喜欢做读书笔记。

那时家的模样就是现在传说中的“偏远农村”，破旧的土房子，家徒四壁。但是他们每天起床后，都会把破旧的家具擦得一尘不染；衣橱里的衣服叠得整整齐齐；院子里种着月季、夹桃花等，开花时，院子里一片芬芳。每个人来我家都会感叹一句：收拾得真干净！

即使在落魄的时候，也要认认真真、踏踏实实去生活，要积极、有精神气儿，不能得过且过。这是他们教会我的。

有很多人会戴着有色眼镜来看农村的孩子，称农村人为“乡下人”。在他们的印象中，乡下人土里土气，乡下人不懂规矩，乡下人容易自暴自弃。其实，优秀的品质和生活习惯跟是否“贫穷”和“穷养”并没有必然联系，这取决于父母对贫穷的态度，取决于父母的言传身教和爱的能力。

三、贫穷对身心造成的影响和解决方法

虽然爸爸妈妈竭尽全力在精神上“富养”我们，但是物质方面的极度匮乏，难免对我们的身心造成不好的影响。

1. 贫穷会带来性格上的缺陷

爸爸妈妈为了赚钱去县里打工。从两三岁开始，我就跟着奶奶或姥姥一起生活，再加上父母对我们的教育相当严厉，相对奶

奶和姥姥，我跟父母的关系比较生疏。

说着说着就提到了原生家庭对一个人的影响。因为不常跟爸爸妈妈一起生活，我内心极度缺乏安全感。我经常会在刹那间失落，那种感觉像掉进淤泥里，我感觉到自己在一点点沦陷，拼命想挣脱却挣脱不出来，是一种无法言说的无力感。后来才知道，这是缺乏安全感的一种表现。

有句话说："如果真的有时光机可以回到某个时刻，我只想回去抱抱小时候的自己。"听起来真的很辛酸。

高中时，我开始跟周围同学格格不入，这是自卑引起的。而造成自卑的根源就是贫穷。

大一那年，我常绕着操场跑步。记得那天天很蓝，我的心情和状态很好，绕着操场跑了一圈又一圈，超过了自己预定的目标。突然间，我想，自己不能再沉浸在负面情绪里不能自拔了，再这样下去，我的人生就会毁掉。

我想，或许每个人心底都有一种积极向上的力量，或者说是潜能。这种力量会慢慢积攒，在某一刻会发生质变，发出耀眼的光芒。

那天，我开始思索，开始学着接纳自己。

我开始进行自我调整，强迫自己要微笑，要乐观。慢慢地，我学会了幽默，学会了自嘲。

我意识到，贫穷并非原罪。我开始坦然接受贫穷，就像接受一个并不让人待见的朋友。

当别人邀请我去唱歌时，我会坦然拒绝："对不起啊，我没时间，我得去做家教。"

和同学们一起去餐厅，她们善意调侃我老买最便宜的饭，我哈哈大笑，心无波澜："多吃蔬菜不但省钱，而且健康，没看姐又高又瘦？"

当打开心扉，与阳光共舞时，我发觉自己的内心越来越强大。而只有内心足够强大，才可以所向披靡、无所畏惧。

不知何时，那种突如其来的不安全感已离我越来越远。

大二那年，那个唯唯诺诺、与世界格格不入的女孩已不见踪影。直到现在，我明亮开朗，活得没心没肺。而当一个人乐观向上嘴角上扬时，好运也会开始眷顾他。

还有，相由心生，当内心健康明亮时，整个人看起来也会柔和美丽。

2. 贫穷无法提供更好的教育和更广阔的视野

大三那年，我在学校附近的咖啡屋打工，认识了一个美国外教，是个五十多岁的老太太，她几乎每天都来咖啡屋，每次都跟我闲聊几句，很是轻松愉悦，我们就这样熟识了。

她喜欢喝哥伦比亚自制咖啡，经常坐在吧台前，笑意盈盈地看我磨咖啡豆、煮咖啡。

“Wonderful！”她说，可能夸我的手艺，也可能夸咖啡的味道。

有一次在我的休息时，她来到咖啡屋，我当时正在看雅思词汇。她问我：“打算去留学吗？”

我吐吐舌头：“不是，只是对语言感兴趣。我想去留学，可留学需要资金，我没有。”

她喝完咖啡走向吧台，严肃又诚恳地对我说：“Summer，我跟你商量个事儿。我觉得一个乐观美丽的女孩不出去闯闯太可惜了。你去留学吧，我刚才想了想，我可以帮助你，给你提供第一次去美国的飞机票，留学时可以在我家住宿，我还可以在我们学校帮你找兼职。”

留学，这对我来说该是多么大的一个帮助！我心里满满的感激，但略微思考一下就摇了摇头，在中国，有时候我还连饭都吃不上呢，哪儿来的钱去留学啊！

就这样，因为贫穷，我错过了一个很好的机遇，也错过了更好的教育机会和更宽广的视野。

可我并没有停滞不前。贫穷的生长环境无法选择，但可以选择去努力。

我读很多很多的书，通过读书来拓宽自己的视野。

毕业后，我找到工作，并在这座城市慢慢立足。

我独自出国旅游，见更多的人，学更多的事儿。

我学习理财，不去千方百计节约钱，而是想方设法创造财富。

四、人生如登山，处于低谷之时，意味着人生之路开始慢慢爬升

很多人，不，大多数人对待贫穷就像躲避瘟疫一样，避之不及。

我并不感谢贫穷，我说过，它对我来说就像一个并不让人待见的朋友，可它并非一无是处。

比如，我的独立，可以在婚姻这段亲密关系中为稳定加分。

比如，参透很多坎坷，很多事情我会看淡，也因此少了很多纠结和拧巴。

再比如，我的抗挫折能力和抗压能力很强：物质生活最困难的时期已经挺过来了，还有什么不能逾越的？大不了从头再来！

文章开始提及我生来倔强，当然，对待生活的态度也是倔强。有时候在别人看来不得不放弃的时候，我“偏要勉强”。现在想想，正是这种执念，让我慢慢挣脱了不利环境。

24岁时，我遇到了生命中的他。我们那会儿结结实实地赶了一把“时髦”——裸婚：没房、没车、没存款。我们努力奋斗了两年，已有房、有车、有小额存款。

我们给爸爸妈妈在老家的镇上买了一套三居室，喜欢整洁干净的他们，把房子收拾得窗明几净。那种卑躬屈膝向别人借钱和战战兢兢被人讨债的日子已一去不复返。他们舒展的眉头，是我最喜欢的样子。

妹妹去年考上了一本，跟我在一座城市。

当然，这些真的不算什么。我的“富二代”朋友名下有好几套房子，收房租是她的副业，没事儿就开着豪车去喝喝咖啡看看帅哥，优哉游哉。我刚刚长出翅膀，而她已经在高空展翅高飞很久了。

可是，相对于之前的生活，我已经超越了太多，对我来说，这就是进步。每一天，我都在努力超越昨天的我。我曾经跟朋友调侃："虽然我做不了"富二代"，但我可以做"富一代"呢。"

人生如登山，有低谷也有高峰。当处于低谷时，不要低落，不要放弃，不要难过。

想想，已经这样了，还有比这个更糟糕的事儿吗？

而且，处于低谷之时，也就意味着人生之路开始慢慢往上爬了，会越爬越高，也会离阳光越来越近。

去努力，像太阳花一样

作为一个拥有一颗玻璃心，经常“以物喜，以己悲”的人，我很敬佩那些无论在什么境遇下都达观开朗，像太阳花一样明媚的人。

先讲讲两个身边人的故事：

一、安格

安格是我的大学同学兼舍友。我们俩关系很不错，一起逃过课，也一起打过工。

安格家在农村，家境很不好，外债很多，家里还有一个小她十岁的弟弟。她说，因为家里穷，她高中时母亲曾想让她辍学打工养家，是父亲的坚持，她才有幸继续读书。

她很珍惜读书的机会，每天清晨，当我们刚刚起床洗漱时，她已经结束晨读回宿舍整理书包准备去食堂了，她的学习和生活节奏永远比我快一拍。

读书期间，她不断兼职打工，以赚取自己的学费与生活费。

大二那年暑假，她在一家快餐店打工，结果老板迟迟不发她薪水，可学费就差那一千多块钱的工资，年轻的指导员天天跟在她身后催交学费。

有一次，我们宿舍几个人结伴去食堂的路上遇见了指导员。指导员停下，没好气地对安格说："安格，学费确实该交了，整个系就差你的了。你这样，让我的工作很难做啊。"

我们同行一共六个人。我想，如果我是安格，老师当着舍友的面这么对我讲话，我会很难堪，会感觉很没面子，甚至会很自卑。但安格不会。

安格嬉皮笑脸地对指导员说："老师，对不起啊，我也想早点交上呢，但可恶的老板拖欠我工资，现在还没发，我周末会再去讨债，您再通融我几天好不好?"

指导员摇摇头，无可奈何地走了，安格朝着指导员的背影吐了吐舌头，然后继续跟我们说说笑笑。

大三那年暑假，我也想找份工作锻炼一下，就跟着安格去了一家比萨店当服务员。

那家比萨店有上下两层楼。安格上楼给客人送比萨时，一个同事不小心踩到了她的鞋子，结果鞋底跟鞋面脱胶了。

同事很不好意思，连连向安格道歉。

安格笑笑说："没事儿，我这鞋子其实早该换了，谢谢你的提醒。"

其他同事听到都乐了，我想，那一刻，大伙儿都喜欢上了这个开朗幽默又善解人意的姑娘。

第二天，安格穿了一双新的运动鞋，做工粗糙，上面有个Nike的标志，只不过这个标志比正版整整大了一号。

我们都调侃安格："这鞋子得花了不少钱吧？"

安格眨眨眼睛，用夸张的语气说："当然啦，Nike的，很贵，夜市上好不容易淘到的。质量也很好，你看你看，这鞋面跟鞋底黏合得多牢固，胶都溢出来了……"

这就是安格，会自嘲会自黑，不忧不愁，不急不躁，嘴角永远弯弯向上。

每年，她都拿系里的奖学金。

毕业后她进了一家外贸公司，一路升职加薪。

再后来安格交了一个男朋友，也是农村出身，结婚时没车、没房、没存款，通过两个人的共同奋斗，现在已经有车有房，还有了自己的小事业。

前几天，我们约在太平洋喝咖啡。追忆起学生时代，我对安格说："说真的，大学那会儿我挺佩服你的，整天嘻嘻哈哈、没心没肺的，积极乐观向上。"

安格灿烂一笑："如果我像祥林嫂一样，整天哀叹时运不济、命运不公，有用吗？"

她用勺子搅拌着咖啡上面的奶泡，说道："其实，那不是最坏的情况。

"大三那会儿学姐介绍给我一份兼职，是去咖啡店工作，不过要上晚班，从下午两点到晚上十点。学校封校后我又接着去工作，根本没空找租住的房子，那天下班后无处可归，在肯德基点了一个汉堡，坐了一晚上。

"天亮后我开始找房子，为了省钱，在一个破旧小区里租到了一个床位，一个月两百块。小区有个铁门，有两米多高，晚上十点后都会锁上，所以我每天下班都翻爬铁门回去。

"小区太破旧，保安没有，路灯也没有，倒是有几只夜猫，眼睛在晚上闪闪发光。一开始我很害怕，后来不怕了，就逗它们玩儿，我一吹口哨，它们就四处奔跑……"

我曾经以为我对安格很了解。

安格讲话的时候，云淡风轻，像在讲别人的故事。

我说："安格，我都想哭了。"

安格说："哭什么啊，赶紧喝咖啡，都快凉了。"

离开时我们一起到地下车库，我看到她开了一辆凯迪拉克，买车不到两年，又换新车了。

差点儿忘记说了，安格一米七的个子，高高瘦瘦，麦色皮肤，大眼睛高鼻梁性感嘴唇，是美女一枚。

二、烨子

我有段时间开过淘宝店铺，店铺不红不火，不死不活，每天会发几个包裹。

烨子是快递员，每天固定来我办公室取件。

小伙子是1990年生的，性格大大咧咧，说话很幽默，笑起来很阳光，工作起来也很细心。

偶尔订单多的时候，他会帮我一起包装，折叠盒子，装货物，放填充物，最后用胶带把包装盒封得结结实实，那专注的神情，像是在包装一件件价值不菲的精美礼物。

我有些惭愧。我想，如果我像他一样用心，淘宝店铺肯定会红红火火。

有一次他过来取快递时接了一个电话，脸上写满了焦急。挂了电话，他抱歉地对我说："姐，实在不好意思，今天件发不走了，我得赶紧回去一趟，我妈心脏病犯了，得送她去医院。"

我说："件发不走不打紧，你赶紧回去看看吧。"

第二天烨子过来取件，脸上依旧挂着阳光般的笑容，我跟他攀谈起来，才得知他爸爸在他7岁时车祸身亡，妈妈患有心脏病，还有个弟弟在读研究生。他初中没毕业就辍学了。

"弟弟读研，你辍学养家，心里有没有觉得不公平？"我了解他的粗线条性格，所以敢这样直接问他。

"感觉很公平啊。"他一笑，"弟弟学习好，我跟他相反，脑子笨，不爱学习，所以辍学对我来说求之不得。不过，虽然我学习不好，但我赚钱多啊。"

我想，就收收快递，能赚多少钱呢？

我难以想象：经历了缺少父爱的童年，长大后还得一个人养家糊口，他身上该背负着多大的压力啊！

再看看他狡黠的笑、毫不在意的语气、坦诚的回答，我心中充满了疑惑，他不累吗？

肯定累，可是这么累，还笑得这么轻松，这究竟是怎样的一种豁达心态?

过了几个月，他说：“姐，我以后不能为你效劳啦。”还是那种滑稽的腔调。

“为什么？换工作了？”我疑惑。

“不是换工作。”他扬扬得意，神情狡黠可爱，“我自己承包了一个快递片区，雇了几个人帮我送快递，仓库和财务那边我得在公司打理，所以自己不能收件了。”

我由衷地为他高兴，这背后是付出了多大的努力啊。

又过了一段时间，我在小区散步时，看见他领着一个矮个子老人在休闲区健身。我过去打了招呼。

他说：“我在这小区买了套房子。”

“我妈妈一直渴望在这个城市有个属于自己的家。”他说这话的时候，我注意到白发苍苍的老人眼里含着泪水。

三、故事讲完了

孔子言：“一箪食，一瓢饮，在陋巷，人不堪其忧，回也不改其乐。”

当陷入困苦时，遇到挫折时，我们从容面对，努力争取，这固然可喜，但这并不是最高的境界。

最高的境界是乐在其中：要乐观，要开朗，要豁达，要微笑。

有一句话说得好：爱笑的人，运气总不会太差。

努力时，就像太阳花一样，永远追随阳光，朝向阳光绽放，而且，它绽放的不仅是生命，还有对梦想、对生活的热爱。

不能以不会爬树来评判一条鱼

妹妹刚读大一，寒假来我家小住。她时而在微信朋友圈点点赞，时而在QQ群里冒冒泡，时而翻翻日语学习书，有时又看看我，一副欲言又止的样子。

想起自己读大一那会儿的浑浑噩噩与懵懂无知，难道她在大学生活中或学习上遇到什么困难了？

我试探着问她："你的大一上半学期过得怎么样？"

果然被我猜中。她嘟着嘴巴，一副萌萌的样子，对我说："姐姐，我觉得自己选错专业了。"

"为什么？"

"选的专业跟想象中的不一样，不喜欢。而且我再怎么努力去学，深入去思考，也抵不过别人的灵光一闪。我是不是笨得跟小猪一样？”

“不笨。”我立即笑着否认，整理了一下思绪，从以下四点给她逐一分析。

一、寻找自己的天赋

我跟妹妹说，要想有所突破，首先得找到自己的天赋所在。

天赋，是在成长之前就已经具备的成长特性，在某些事物上或领域内具备天生擅长的能力或者有天生的执念。

有些人很早就发现了自己的天赋，比如“股神”巴菲特。

巴菲特的投资才能在5岁时就已初露端倪。5岁，当我们还在玩过家家的游戏时，巴菲特已开始在门口摆摊卖口香糖了；9岁时，巴菲特跟小伙伴着手进行市场调查；10岁左右，巴菲特成为了一名报童，他送的报纸《华盛顿邮报》后来成为他的一个卓越投资；15岁时，他用送报积累的大部分资金，购买了内布拉斯加的一片农场，5年后又以双倍价格售出。

有些人的天赋是在偶然间发现的，就像摩西奶奶。

摩西奶奶住在美国的一个小乡村，她像所有的主妇一样，日复一日干着农场的琐事儿、杂活儿。她的爱好是刺绣，之前从未想过绘画。

80岁时，她在纽约举办的画展引起轰动。摩西奶奶的画充满了明快灵动的色彩，蕴含深深的田园气息，画面虽变化万千，传递的思想却亘古永恒。

绘画无疑是摩西奶奶的一种天赋。她是怎样发现这种天赋的呢？76岁那年，她不幸患了关节炎，于是不得不放弃喜爱的刺绣，尝试走上陌生的绘画道路，结果打开了一片令人叹为观止的广阔天地。

但对于大多数人来说，发现天赋并非一件轻而易举的事儿，需要身体力行，不断探索尝试。

妹妹忽闪着大眼睛，疑惑地说："在专业上找不到成就感，我曾尝试着从其他方面充实自己。

"我立志要练习书法，于是买回文房四宝与字帖，练习了两周，书法无长进，兴趣也渐渐淡了。

"后来，我又迷恋上探戈时动时静的舞步与遥远陌生的音乐，还去报了舞蹈班，可是老感觉自己肢体僵硬，找不到节奏感。学了没几次，练舞计划搁浅。"

我拍拍她的头，问她："才尝试了书法和舞蹈两个领域，就想着放弃了？要有恒心和毅力，不断去探索其他领域，坚持，坚持，再坚持。在坚持的过程中，你会感到枯燥，但天赋会在某一瞬间闪现。"

我经常去的一家美发店位于闹市中的一间平房里。装修很简单：一面镜子，两把椅子，其他的是供客人坐的板凳。店里连空调都没有，冬天生炉子取暖，夏天用风扇驱暑。美发师是个40岁左右的大姐，打扮得干净利落。

这样的美发店怎么看都跟高大上沾不上边，可是店里生意特别好，门庭若市。姑娘们喜欢来这儿做头发的原因，一是价格公道；二是大姐的手艺很好，感觉她像剪刀手爱德华一样，可以根据每个顾客的脸型、头型为他们设计合适的发型，让顾客的形象焕然一新；三是理发速度很快，洗剪吹，15分钟就可以搞定。

有一次我由衷地夸赞她的手艺。她不好意思地笑笑，说："我从小学习不好，初中没毕业就辍学了。辍学后，下地干了一阵农活，后来去了纺织工厂纺纱，因为老出错，被开除了。也去工地上跟男人一样做过瓦工，由于自己干活很慢，老被包工头教训。

"后来我跟着亲戚学习理发。很奇怪，当我拿起剪刀时，发现双手变得特别灵巧，似乎对剪发特有天赋。每次去逛街时，我都习惯性地盯着别人的发型看，边看边琢磨，再给客人理发时，我可以理出一模一样甚至更好看的发型。跟着亲戚学习了不到半年，我就自己开理发店了。现在计划开第三家店铺。”

我惊讶，问她：“你还有另一家美发店？”

她点点头：“有一家在××国际，已经开了三年了，弟弟在那儿帮我看店。我偶尔过去。这家店房租低，回头客多，感情也很深，我总舍不得离开。”

××国际在我们市属于高档小区。小区环境优雅，里面门头房租金不菲。

她下地干过农活，去工厂做过工人，甚至在工地上干过瓦工，最终发现了自己在剪发方面的过人之处。不一一去尝试，怎能发现自己的天赋呢？

二、依靠自己的天赋，去努力

清人彭端淑在《白鹤堂集》中说：“聪与敏，可恃而不可恃也；自恃其聪与敏而不学者，自败者也。”

天资聪明与灵敏，是可以依靠又不可依靠的。如果依靠这有利条件，孜孜不倦地学习，踏踏实实地奋斗，定会获得卓越的成就和非凡的战果。

我有一个朋友，高中时我们在同一个班。每次月考或者模拟考试，她的成绩都不尽如人意，因为数学成绩太差。

一天黄昏，我们坐在操场上，她对我说："你知道吗？数学课上，我凝神听讲，一个细节都不放过，可我还是听不懂。晚上宿舍熄灯后，我在被窝里打着手电筒看数学例题，可无论如何也提高不了成绩。"

记得那天，她满脸忧伤与落寞。我在她旁边束手无策，不知如何去劝慰，因为对于数学，她确实努力了，而且努力程度较我们深好多。

可是，她不费吹灰之力，英语跟语文成绩就可以遥遥领先。对于文字，她似乎有过目不忘的本领。从小学到高中语文课本上要求背诵的文言文，在没有复习的前提下，她到现在都可以倒背如流。有一次我们一起看一部电影，我第二天就把电影情节忘得差不多了，她却能一个镜头接一个镜头把电影画面完整地描绘出来。

她写的文章，妙笔生花，行云流水，获得过很多奖项。写文章学语言，这是她的天赋所在。如今，她已是一家杂志社的编辑，她的新书也即将出版。

当然，她每天读很多书，写很多字。在我看来，她很努力很勤奋。

我曾对她说："不管是学数学还是写文章，你都是那么努力。"

她听后说了一番话，让我回味无穷。

她说："努力学习数学，对我而言，是一个痛苦漫长的过程，我从中体会不到任何快乐与成就感。而对于看书写字，我乐在其中，就像有的人喜欢逛街、有的人喜欢美食一样，无拘无束自由自在，不知不觉间就进步了。"

所以，发现天赋，并为之努力，不仅可以事半功倍，还会享受到人生乐趣。

像上文提到的美发师，她热衷于剪发，所以不断去学习去钻研，到现在有所成就。

摩西奶奶也如是。她发现自己的绘画天赋后，爆发出惊人的创造力，在二十多年的绘画生涯中，她孜孜不倦、乐此不疲，共创作了1600幅令人赏心悦目的作品。

相反，如果以此沾沾自喜，自命不凡，不去努力，即使天赋异禀，也会趋于平庸，最终一事无成。

最具代表性的一个例子，就是王安石笔下的方仲永。方家世代以耕田为业，方仲永五岁时“未尝识书具”，却可作诗。他才思敏捷，“指物作诗立就，其文理皆有可观者”。天赋被发现后，方仲永的父亲不让他读书学习，而是每天带他四处拜访，最终才华尽失，泯然众矣。

三、以多数人努力程度之低，根本轮不到拼天赋？

朋友圈里流行这么一句话：以多数人努力程度之低，根本轮不到拼天赋。

对于这句话，我不完全赞同。

在自己擅长的领域学习或者工作，是每个人梦寐以求的，但并非每个人都可以如愿。比如，有的人高考填志愿被调剂到了自己不喜欢的专业，有的人毕业后为了生存做着一份自己不喜欢的工作。专业是一项本领，职业是赚钱养家的方式，两者都很重要。虽然所学专业或者所做工作不是自己的天赋所在，但是不能放弃，唯有努力。

在资质平平的条件下，勤勉确实可以补足其缺陷，努力奋斗也可以达到高于普通人的水平。

但是，要想取得与自己天赋相匹配的成就，还需要挖掘自己的天赋并为之努力。

有个医学院毕业的日本青年，他酷爱文学与写作，不喜欢外科大夫这一职业，这份工作让他无奈又厌烦。他咨询摩西奶奶，是否该放弃这份稳定的工作，拿起笔去圆自己的作家梦。

摩西奶奶寄出了一张明信片，上面有她的亲笔绘画与一段话：“做你喜欢做的事，上帝会高兴地帮你打开成功之门，哪怕你现在已经80岁了。”

如醍醐灌顶，这位日本青年弃医从文，依靠自己的天赋勤恳写作，最终取得了享誉中外的成就。

他就是渡边淳一，日本著名的小说家，《失乐园》《钝感力》《遥远的落日》等都是他的代表作。

考进医学院，成为一名外科医生，这似乎已达到高于普通人的水平，但渡边淳一依靠自己的写作天赋，取得了更高的成就。

四、不能以不会爬树来评判一条鱼

现在可以回答妹妹一开始提出的问题了。

我对她说：“专业学起来吃力，并不是你笨，而是因为你的天赋不在那儿。”

上文提及的美发师大姐，在学习剪发之前一无是处，你能说她无可救药吗？

我的编辑朋友数学很差劲，即使把数学公式揉碎了，把数学步骤碾平了，她也无法领悟，你能说她的智商低吗？

爱因斯坦说过，每个人都身怀天赋，如果以不会爬树来评判一条鱼，它会终其一生都以为自己愚蠢。

所以，我们不能以不会爬树来评判一条鱼。

找到自己的天赋所在，奋斗起来就会如鱼得水；努力又快乐地与海浪追逐，在浪尖上搏击，最终会鱼跃龙门。

与孤独握手言和

后来许多人问我一个人夜晚踟蹰路上的心情，我想起的不是孤单和路长，而是波澜壮阔的海和天空中闪耀的星光。

——张小砚

你对我说："我经常会感到孤独。孤独感来袭时，就像跌进了万丈深渊，自己在恐惧中急速坠落，求生的欲望很强烈，却抓不到一根稻草……"

我轻轻打断你，说："别说了，我懂，我都懂。"

一、孤独就像自己的影子

童年的记忆里，大人们似乎一直都在

忙，忙着跟邻居讲话，忙着洗衣服，忙着做饭，忙着下地干活儿。

记得在我四五岁的时候，我常常在一条胡同里玩耍。胡同的两面墙上满是爬山虎，绿绿的一大片。胡同很短，我却从胡同的一端跑到另一端，再从另一端跑回这一端，乐此不疲。累了，就蹲在墙角，看蚂蚁成群结队地搬运粮食，看毛毛虫在地上缓慢爬行。

现在想想，自己为什么对那条胡同情有独钟？也许是因为胡同的两侧都有墙壁，可以给幼小的心灵些许安全感，而且胡同很短，有尽头，也有盼头，在自己小小的认知里，我可以“征服”它，就像拥抱整个世界般。

六七岁时，我拿着簸箕，从厨房穿过小院，走向门口的柴草堆。我笨拙地把柴草放到簸箕里，再返回厨房。我个子很小，簸箕很大，风一吹，碎草就会飘到我的衣服和头发上。我费力地把簸箕搬到火灶旁，然后坐在小板凳上，一边拉着风箱，一边把柴草放进灶底，看灶底的火随着风箱的拉动忽明忽暗。

那个夏天，几乎每天傍晚，我脚踩松软的土地，一路小跑，来到村西的小湖旁。夕阳西下时，云被晚霞涂了胭脂，映照在湖面上，像一捧一捧的鸡冠花。我坐在小湖旁的高地上，两个胳膊抱住膝盖，静静地看家家户户袅袅升起的炊烟。

童年里的我，是孤独的，不管是在胡同里、锅灶旁，还是小湖边。那时，自己并不知道“孤独”这两个字的存在，但那种孤独感像半夜飘洒的细雨，淅淅沥沥、细细碎碎地滴落在记忆里的每个角落。

最不愿意翻起的记忆，是大一那年孤独带给我的无助与脆弱。

那年，学费还是没有攒够，好不容易找到的打工机会又被别人抢走，一日三餐都成了问题。

在校外徘徊累了，我一个人坐上了去台东的公交车，车窗外面雪花飘飘，车里的乘客熙熙攘攘，我就像一个多余的存在。公交车到达了终点。下车后，我站在雪地里环顾四周，发现自己来这里并无目的，然后再坐上车，返回学校。回到学校时已是傍晚，街上路灯亮起，家家户户的灯也亮起了，却没有一盏灯是属于我的。

晚上在图书馆看书，看《一个人的好天气》，上面写道：

人们不停地从我面前走过，没有人朝我看。他们看起来就像一张铅笔画，像要乘着微风飘然而去似的。这张看似平常的纸片却不知不觉中划破了我的皮肤。我叹了口气，抱紧胳膊，低头快步走向车站。

当读到这一段时，我终于不能自已，眼泪肆无忌惮地汹涌而下。

孤独，就像自己的影子，我们走到哪儿，它就跟到哪儿。

二、和孤独的相处变化，意味着一个人的成长

我曾经尝试着去躲避孤独。

有一次室友们拉着我去K歌，我去了。聒噪的音响，欢声笑语，冒泡的啤酒，置身其中，我一时间确实忘记了孤独。我跟朋友们碰杯，把酒言欢。可在放下酒杯的那一刻，孤独却贸然拜访，让我猝不及防。就像突然而至的一场暴雨，把人浑身浇透，里外冰凉。

那一刻，我深刻理解了“孤单是一个人的狂欢，狂欢是一群人的孤单”这句话的含义。

此路不通。为了躲避孤独，我另辟他径：开阔自己的视野。

我看历史剧，看纪录片，不再把思考的镜头对准自己和自己身边的芝麻谷子，而是对准了历史长河和宇宙长空。

于是我开始明了：在历史的长河中，自己不过是其中一粒粗糙的小石子；在浩瀚无垠的宇宙中，自己不过是其中一颗不起眼的小星星。

或许，很多时候，很多情感和思绪都源于把自己看得过于重要，把自己看淡后，便发现孤独感也随之慢慢变淡。

为了克服孤独感，也为了生计，我让自己变得异常忙碌，课余时间、周末时间、寒暑假时间全部被工作填满。有一次暑假，我每天做三份家教，为了其中一份家教，每天顶着炎炎烈日，从城市的一端，倒三次公交车，穿梭到城市的另一端。

身心忙碌了，孤独感也渐渐消失了。

我甚至把自己所爱的文学书都束之高阁，生怕书籍里的一段话、一个句子、一个词语，甚至一个符号，会引起自己敏感的思绪，拨动自己的心弦和泪腺。

在与孤独的这场持久斗争中，我竭尽全力，最后凯旋而归。

终于可以不与孤独为伍，我为此欢呼雀跃。

随着毕业、工作、结婚，我变得越来越忙碌。生活就像一条大鞭子，而我像一个陀螺，被它抽动着转得飞快。我在奋力旋转，世界也在我眼中飞速转动，五彩缤纷的风景，渐渐模糊成一团。

很多时候我感到筋疲力尽，特别想停止转动，驻足，看看被遗忘许久的风景。

我开始想念孤独并接纳孤独。

时隔多年，我终于有勇气去打开束之高阁的书籍。我开始认真看书，感受文字所带来的思想碰撞。我重新拿起笔，坐在书桌前，梳理自己的思路，写下自己的感想。

独处时，才有时间思考；静思时，才有机会感悟。

我开始接纳孤独，和它手牵手心交心，享受着跟它的每一段对话。此刻，我发现孤独带给我的不再是空虚、无助和迷茫。孤独于我，变成了一种享受、一种奢侈、一种自由。

从逃避孤独到接纳孤独，再到享受孤独，我慢慢学会了与这个世界好好相处。从某一方面来说，和孤独的相处变化，意味着一个人的成长过程。

三、当一个人孤独时，是提升自我的最好时机

那年在吉隆坡，我们一群人在吃饭聊天时，有人提及了关于

“孤独”的话题。

其中一个人叫阿明。他放下手里的刀叉，说起了自己的故事。

那时，阿明已经来马来西亚八年了。他有厨师证，正巧亲戚认识的一家饭店需要厨师，于是就介绍他来吉隆坡工作。第一次踏上异国的土地，想着可以多赚一些钱给父母，他有些兴奋。

可事与愿违。他刚到吉隆坡的第二天，出门时被一辆轿车撞飞，小腿骨折，身体多处受伤，所幸性命无碍，但医生说，至少需要休养半年。

这半年里，他不能工作，只能靠借钱度日。他窝在小小的出租房里，一天抽两盒烟。那时，他才意识到，家里的饭菜是多么香，国外的月亮并不比国内圆。不想让父母担心，每次跟父母通话时，他都说自己过得很好。

阿明说，那半年多的时间，一点依靠都没有，他是孤独的。

深夜里，巨大的孤独感像海浪一样袭来，他抱头痛哭过，也曾寻过短见。

“后来，你是怎么做的呢？”我们不约而同地问道。

“沉沦了几天，我开始疯狂地学习英语。反正什么也干不成，不如趁机把英语学好了。我看当地新闻，练习听力，跟邻居小朋友对话，拿着语法书死记硬背。”

从语法不通到现在的流畅自如，不知阿明付出了多少汗水，这似乎远远超出了一个初中毕业生的认知极限。

得益于语言优势，又加上对商业的天生敏锐感，他在马来西亚混得如鱼得水。

那时，他已经在吉隆坡开了好几家连锁酒店。

阿明笑笑说：“如果没有那段孤独的时光，或许我还在酒店的厨房里浑汗如雨呢。”

他喝了一口啤酒，继续对我们说：“当一个人孤独时，是提升自我的最好时机。”

这句话让我沉思了许久，至今记忆犹新。这大概是我那次远行最珍贵的收获吧。

四、与孤独握手言和

你问我：“当内心感到深深的孤独时，应该怎么办？”

换作从前，我会给你建议，让你慢慢远离孤独。

可现在，我的回答是：“不要试图去逃离孤独。坐下来，和孤独握手言和。”

当你和孤独促膝长谈时，你会慢慢发现它的绝美和惊艳。

当一个人孤独时，就像在无尽的黑夜中行走，有人因此而沦陷，也有人慢慢适应了这种黑暗，双眼变得敏锐，更容易发现星星之火，从而走出燎原之势。

张小砚说：“后来许多人问我一个人夜晚踟蹰路上的心情，我想起的不是孤单和路长，而是波澜壮阔的海和天空中闪耀的星光。”

我希望，如果有人如此问你的时候，你也能绽放笑容，做出这样的回答。

从微观的视角去看待改变

一

有读者在后台给我留言，说自己内心有些迷茫，找不到生活的乐趣。

我便跟她聊起来。她说，每天早晨上班，她要穿过两条街道，然后去马路对面挤公交。她说那路公交车人特别多，炎炎夏日，上车前如果自己还是粒玉米，下车时就会被闷成爆米花。

到公司后，她先到洗手间补妆，再开始一天昏天暗地的工作，电话、邮件、报告铺天盖地，偶尔还被领导训斥一番。

下班后，再坐上那路拥挤不堪的公交车回到空荡荡的出租屋，一个人做饭、刷碗。

她说，有一天，她在炒菜，往锅里倒花

生油，放上葱花，几片带水的葱花飞溅到她的手背上，一阵灼痛。看到厨房昏暗的灯光洒在案板上，她突然感觉有些悲伤——这原本不是她想要的生活。

她想要一座房子，面朝大海，春暖花开，而不是住在简陋又窄小的出租屋里。她喜欢热闹，不喜欢孤单一人，希望每天有个人陪她一起吃早餐和晚餐。她也不喜欢现在的工作，经常加班，还要忍受同事的排挤。

可是，她必须老老实实地走在现在的生活轨道上，住便宜的出租屋，踏踏实实赚钱，去还助学贷款，去买够自己温饱的衣服和食物。

女孩说，她内心的彷徨在于：自己根本无力去改变现在的生活状态。

二

有一年夏天，我跟她一样，内心找不到方向，每天机械地重复着必须要做的事情，琐碎且无意义。日复一日，自己变得慵懒，对生活也变得麻木。

有一天傍晚，坐在河边的木长凳上，我对自己说：是不是该尝试着改变一下现状了？

可是如何改变？从哪儿改变？

眼前的状态是，有工作，所以我不能进行一场说走就走的旅行；有家庭和牵绊，所以我不能放下一切去追寻自己的梦想。

心乱如麻。

这时，围着河边跑步的人三三两两从我面前跑过，脚步声倔强且有力，充满了生命的气息。

不管了，先让自己跑起来吧。

我打开手机跑步软件，跟在一群人后面，不知不觉跑了4公里路。渐渐地，脚步有些沉重，呼吸不再顺畅，要不要休息一下？

那群人还在不紧不慢地奔跑，偶尔还相互交谈一下，气氛轻松愉悦。我咬咬牙，继续奔跑，汗流浃背，双腿就像在做机械运动一般。跟着他们停下时，我看了下，自己差不多跑了7公里路。

可能太疲倦了，那天回家冲了个热水澡，躺下就入睡了，睡得特别香。很神奇的是，持续了十几天的失眠不治而愈。

第二天傍晚，我找到跑步鞋与运动衫，围着河边又跑了7公里。此后，7公里是我的跑步目标。

坚持了差不多一个月后，跑步时的呼吸变得平稳，脚步也不再沉重。从那时起，跑步对我而言，不再是一种折磨，而是一种享受。

我不知道自己最初跑步的目的是什么，当时只是想着去做一件从来没有做过的事情，并且一定要坚持下来。从这段坚持中，我找到了一种成就感与满足感。

就这样坚持跑了两个月左右，有一天我称体重，惊喜地发现自己瘦了7kg。从青春期开始，我的体重一直在55kg左右徘徊，十年来，体重从来没有低于50kg。这次却意外地跌落到了50kg。

这就是一种改变。我做到了十年来从来没有做到过的事情。

瘦了十几斤的效果是：皮肤变得红润有弹性，体态变得轻盈美丽。去商场逛服装店时，我不再去纠结腰围码数，感觉好多漂亮的衣服都是为自己量身定制的。优雅的锁骨出来了，腰身变得纤细，整个人变得年轻有活力。

蝴蝶扇动了一下美丽的翅膀，阳光明媚，花香传来。

当一个人充满活力时，心境会开朗，眼界会清晰。

后来，我开始看书、写字。慢慢地，通过文字，我认识了一群志同道合的朋友，互相督促，互相鼓励，互相进步。

我从来没有想到，写字会成为自己生活中的一部分。通过文字，我找到了自我。

三

我楼下的美女邻居是两个孩子的妈妈，大宝是幼儿园大班，小宝三岁。跟遇见的妈妈们不同，她从不蓬头垢面，一直以来都是淡妆，穿着优雅的服饰，带着孩子走在小区里，是一道美丽的风景。

偶然的一次聊天后，我们俩熟识起来。了解多了之后，我发现她是个从骨子里散发着优雅气质的女人。

她目光长远，擅长投资；蕙质兰心，弹得一手好琴，画一手好画。

我由衷地对她说：“真羡慕你，把生活过得如此精彩！”

她笑笑：“其实，两年前，我过得并不好。”

两年前，她有很严重的产后抑郁症，甚至产生过轻生的念头。有一天，一岁的宝宝冲她微笑，那笑容纯净，像山泉水一般。她心里一阵悸动，扪心自问：自己是一位合格的母亲吗？

从那天开始，她尝试着去进行自我改变。

小时候，她很喜欢钢琴，可是家里条件不允许，她只能“望琴兴叹”。那天她报了钢琴辅导班，从零基础开始学习，每天听着灵动的乐符从指间传来，她感受到梦想的跳跃。

现在，她可以完整流畅地弹奏出《献给爱丽丝》、Kiss the Rain等曲子。钢琴老师夸她，说她极富有音乐细胞。

她是艺术生，学过美术和设计，结婚生子后就停止了绘画。她重新拿起画笔后，用漫画记录下她跟孩子的点点滴滴。一开始只是自娱自乐，慢慢地积累了众多的粉丝，不久前竟然有编辑联系她出书。

风雨之时，万念俱灰。可阳光，就躲在云彩后面，慢慢地，慢慢地，绽放出自己的光芒。

四

很多人认为，改变自我是件很具挑战性的事情。

其实，我们可以从微观角度去看待改变。

一片雪花、一滴雨、一株青草，都可以点缀生活，让生活精致，让生命灵动。

把牛奶玻璃瓶洗干净，里面放上一株绿萝；做了一盘炒菜，盘子边用蓝莓酱画几朵花；挂烫机烟雾中，用心把衣服上的每一道褶皱弄平……

去做自己力所能及的事情，坚持每天走多少步，重新拾起自己的爱好和乐趣，去学一门自己喜欢的语言或技能……

这都叫作改变。

没有什么事情是一蹴而就的，改变需要一个量变到质变的过程。选好一个目标，坚持下去，慢慢地，你会发现，原来这座山并没有那么高，这条路也没有那么坎坷。

WO GAN

RANG ZIJI

//

HUODE BU YI YANG

Part 2：

把心态“放慢”

/ 活得不一样，

/ 是敢于为喜欢的生活而活，

/ 为更好的自己而活

把

心态

“放慢”

一、让心态“慢”下来，会慢慢找回丢失的幸福感

天晴是我的好友，联系不多，但每次见面都倍感亲切。

翻看了她的朋友圈，今早上传的照片是自家阳台上的多肉植物，昨天拍的是白色鞋子和脚下的细碎沙滩；前几天是一片湛蓝的天空和飞机飞过留下的线条。

她发的照片看似很简单，不会给人留下深的印象，手指轻轻一滑，不经意间就会掠过，但是，仔细观察，就会从中发现生活中的很多“小确幸”：

阳台上的多肉植物，她给搭配的台词是“秋日旋律”。多肉植物放在一个zakka（源

自日语的“zak-ka”（杂货)或“各种物品”）风格的复古花盆里，植物的颜色有红黄橙墨绿等，色彩缤纷且富有美感，植株有高有低，层次分明又不失自然。经她的妙手一搭配，竟可以从普通和世俗中看到智慧的艺术。

昨天她肯定又去海边散步了。舒适的白色鞋子，挽到脚踝的牛仔裤，一如她以往的穿衣风格，舒适、淡然、美好。脚下是细碎轻柔的沙滩，沙滩旁的石缝间露出了一株绿绿的不知名小草，生命般灵动。她用文字感叹：“生命的颜色！”

驻足间，偶然抬头，天空蓝蓝的，白云朵朵，像徜徉在湖泊里的白色帆船。飞机留下一条长长的白色线条，似每个人行走在生活中所留存的唯美回忆。蓝白相间的画面富含哲理。

或许你会说，她肯定没有生活上的压力，时间也丰盈，才会如此岁月静好，不被打扰。

其实，她是一家外贸公司的高管，外企压力很大，领导要求也苛刻。每天上班她都忙得天昏地暗，订单多的时候会连续十几天加班到凌晨。

工作之余，她会跟我们调侃自己“累成狗”，却很少抱怨。闺密们一起聚餐，她是我们的“小开心”，偶尔几句恰到好处的幽默的话就会把我们逗得捧腹大笑。如果聚餐没有她，我们总会感觉少些什么。

她的生活节奏跟我们一样，是匆匆忙忙的，但她的心态是“慢”的。当然，这里的“慢”并非指速度上的慢，而是指自然轻松的心灵境界。

因为心态“慢”，她可以从生活中发现很多村上春树所说的“小确幸”——微小而确实的幸福。

身边很多人经常抱怨，生活琐事太多，工作压力太大，梦想很丰满而现实却很骨感，幸福感越来越淡……

罗丹说过：“生活中不是缺少美，而是缺少发现美的眼睛。”幸福也如是，它们就在身边，只是我们对自己的要求过于严厉苛刻，而忽略了它们的存在。放慢脚步，用心去挖掘，就会发现生活中的很多“小确幸”，而“小确幸”是组构成大幸福的基础，多发现“小确幸”，丢失的幸福感就会慢慢被找回。

二、慢心态，是工作和生活之间的一个坚固平衡支点

在现在纷纷扰扰的快节奏生活中，匆匆忙忙的心灵脚步需要放慢，去过一种慢生活。

前段时间，我帮朋友公司给客户策划一个方案。一开始进展

得并不是很顺利，提交方案的时间太紧，我熬夜几天才完成。本以为万事大吉，可客户要求很高，又按照他们的要求反复修改了多次，还是未果。

平时闲散惯了，突然间时间变得紧张起来，我很不适应。就像自己习惯于缓缓行走在乡间小路上，可以看陌上花开，听莺声燕语，闻麦香弥漫，可突然间穿越到车水马龙、人山人海的繁华都市，生物钟调不过来，心态也跟快节奏格格不入。

坐在书桌前，我感觉自己灵感殆尽，索性穿上外套出门，一个人跑到后山。

彼时已是春天，山中似乎有空灵旷远的气息，可我视若无睹，心中满是复杂的方案，只盼着赶紧爬到山顶，不觉脚步也跟着快起来。

到了半山腰，我遇见了邻居，她笑着向我打招呼。邻居大姐大我十岁左右，有两个乖巧的女儿，在小区散步时经常遇见，一起聊得也很开心。

我很喜欢这个邻居的。她的小女儿5岁，天真可爱，喜欢问各种不着边际的问题，每次她都很细心地给女儿解答，慢条斯理，很有耐心。她也特别爱笑，是发自内心的那种笑，连嘴角、眉梢都带有笑意，给人的感觉很舒服，如沐春风。

我们一起结伴爬到山顶。

山顶有很多松树，两个女儿在树下捡松果。大姐说：“我从树上帮你们挑几个好看的松果吧。”

她从松树上挑选了几个松果，摘下来，托在掌心，跟两个女儿分享“成果”。

两个女儿看到漂亮的松果兴奋不已，问：“妈妈，这个松果像什么？”

“你们看，这个松果的木鳞片从下往上越来越小巧，像一朵绽放的花朵呢……”

“那这一个松果呢？”

“这个松果的鳞片没有长大就从树上掉下来了，排列很整齐，像个蜂窝……”

一问一答之间，忽然落到这一句，我心里一阵悸动。

我也开始跟着她们仔细观察这些松果。大自然果真是一个大艺术家，鬼斧神工，造物千变万化。松果的松瓣分布均匀，如训练好的士兵队伍般，却不拘谨呆板，层层环形递进，成为一个温柔的艺术品。

已经记不清多少次爬到这个山顶了，只记得有松树，却未曾注意到松果，更不知晓原来每个松果都千差万别，形态各异。

忽觉“慢心态”已离自己越来越远。

下山时，我努力让自己的心态放慢，开始享受山里的一切。

蹲下看路边绽放的野花，闻泥土中散发出的亲切温暖的味道；

竹林经过雨水的冲刷，更加郁郁葱葱，笋芽已尖尖露出；

抬头，有鸟儿成群在天空中轻舞飞扬。

我的心情放松到了最柔软的状态，几分欢喜，几分愉悦，几分温和。不知不觉，排山倒海般的焦虑已荡然无存。

回到家来到桌前，之前感觉“重如泰山”的文案似乎已变得“轻如鸿毛”，我静下心来，慢慢琢磨，仔细修改，然后发给客户，最后一举通过。

很多时候就是如此：当工作上有了压力，自己慢慢就忘却了自我，情感和思想开始无意识地集中到了这个目标上，压力慢慢累加，然后陷入不安、混乱、压抑和低落的情绪中不能自拔。

这时，需要放慢心态进行自我调节。慢心态，可以让自己的信念有一个很好的支撑点，还可以给工作和生活寻找到一个坚固的平衡支点。

就像航行在大海上，如果眼睛只是盯着远方的灯塔，盼望赶紧到达终点，内心只会越来越焦灼、越来越压抑。

毕竟万事都需要有个过程，不能一蹴而就，需要时间和精力。时间需要等待，精力需要调节。

所以，航行中，不妨转移一下视线，去看看洒满月光的波光粼粼的海面，看看远方的海鸥与彩云齐飞。如此，不仅可以到达目标，还可以收获绚丽的风景与愉悦的心情。

三、只有把心态“放慢”，才可以更快更好地完成既定目标

我喜欢拼搏的人生。但在打拼时，比起孜孜不倦和锲而不舍的“硬姿态”，我更喜欢一种奋斗的“慢姿态”。

这里的“慢姿态”并非对生活的懈怠，相反，它是一种更积极的奋斗和更健康的心态。

就像武术和瑜伽，二者都可以起到强身健体的作用。前者需要持有“不服输”和“志在必得”的坚硬心态，后者则可以通过静观万象的冥想和柔和的运动，在身心愉悦中达到内外兼修。相比之下，我更倾向于瑜伽这种锻炼方式，也希望在人生路上，自己可以像蒲苇草一样坚强又柔韧，既能勇往直前地挑战生活，又可以游刃有余地享受生活。

这种奋斗的“慢姿态”同样需要“慢”心态，需要慢生活。

我们行走在崎岖不平的人生之路上，难免会遇到深刻的矛盾与广大而复杂的纠纷，这时，不妨放慢脚步，静心去聆听一下自然的气息，听从自己心底最真切的想法，去感受一下生活的美好。然后，怀着一颗“慢心态”，继续前行。

我所崇拜的金庸先生说：“我的性子很缓慢，不着急，做什么事情都是徐徐缓缓，最后也都做好了，乐观豁达养天年。”

所谓“欲速则不达”，只有把心态“放慢”，才可以更快更好地完成既定目标。

真正伤害你的，是你对事情的看法

一

刚毕业那年，我在一家外贸公司实习。公司总部在韩国，支社在青岛，所以周围有很多韩国同事。

几乎每个公司都存在着争权夺利的斗争，这个公司也不例外，表面上看起来一团和气，实际上却暗涛汹涌。当时公司有一名韩国设计师，叫李元英，三十几岁，笑声爽朗，性格直率，我们都很喜欢她，可另一名设计师Silvia却处处与她针锋相对。

Silvia跟元英差不多的年龄，打扮比较知性，有些矫揉造作。公司样品室进行样品开发时，需要按照样品的下单时间来安排出库时间。她经常下单晚，却要求出库时间早，工人完不成任务，她就跑到样品室，用嗲声嗲气的语气跟部长好说歹说，而且每次都能如愿——部长会要求工人加班加点赶制她的样品。

跟她的八面玲珑比起来，元英的直率在一群男领导面前肯定是不吃香的。

我跟元英比较投缘，我们俩关系不错。我很喜欢她质朴的性格，而且她设计出来的服装别具一格，才华就像太阳的光芒，是挡也挡不住的。

有一天，她精心设计出一款裙子，我看了设计图纸：裙子着色为浅蓝，大大的长摆，收腰，扣子旁是一片印花小刺绣，清新自然，如果穿上裙子，随风舞动，肯定会像一只轻盈的蝴蝶翩翩飞。

我给她建议："把立领改成一字领会不会更好看一些？"

元英眼睛一亮，神采飞扬，说："对对，一字领更合适，谢谢你的建议。"

然后她安排样品室做了三件样品，一条裙子给客户，一条送我，一条自留，以便后期做改动。

果不出所料，客户很青睐这条裙子，订单量也很大，这给公司带来了很大的利润。

谁知，过了不久，公司内部谣言四起，说元英设计的那款裙子是抄袭别人的设计。不管在饮水间还是在餐厅，都能听到同事们三三两两地在小声议论。

这款裙子是元英的心血，我当然心知肚明。我试探地问了一个同事："你从哪儿得来的这个消息？"

同事环顾四周，小声说："是Silvia说的，Silvia说裙子不是元英自己的原创设计。"我为元英愤愤不平。

下班后，元英约我一起吃饭。席间她依旧笑得爽朗，仿佛什么事情都没有发生一样。

我说："元英，最近公司同事都对你的那款裙子议论纷纷。"

她不以为然地笑笑："我知道，就让他们说好了，时间会证明一切。"

元英把烤肉夹起来放在生菜里，对我说："我也知道是谁把我推到了风口浪尖。她嫉妒我，说明我有才华；她背后陷害我，恰恰说明她的不自信。如果把我们之间的较量比作一场战争的话，其实我已经胜出了。我不想去计较，也不想去澄清，本来就够累够忙的，这份精力我得省下来去设计更好的作品。"

她说得不无道理。我给她倒了烧酒，与她碰杯。

别人故意放出暗箭，好让她猝不及防，谁知她却有自己的铠甲，刀枪不入。别人再怎么用力，也伤害不到她，这缘于她的心境和看待问题的视角——不为别人的小小格局而产生埋怨，不因别人的错误而伤心难过，更不会因别人设下的障碍而停止自己前进的脚步。

离开公司后，我一直跟元英保持着联系。我辞职后一年半的时间里，她已经成为了公司的首席设计师。

二

有一天初蕾打电话给我，约我去八大关看枫叶。当时正值深秋，八大关的枫叶五彩斑斓，美不胜收，我一口答应。挂了电话，我才感到奇怪：她竟然有时间去看枫叶，真是太阳打西边出来了！

初蕾供职于一家广告公司，整天忙忙碌碌，给她电话时，她不是在加班，就是在去加班的路上。初蕾冰雪聪明，工作起来风风火火，跟客户谈判伶牙俐齿，可跟她一起共事的老总的亲戚却使用手段挤对她，她被辞退了。她在那家公司整整工作了三年，没有功劳也有苦劳，况且她的工作战绩有目共睹。

我问初蕾："心里感到难过吗？"

她悠然自得地把手机对准枫叶，边调焦距边回答：“难过？为什么要难过？这家公司的工作强度很大，我在那儿工作了几年都没怎么好好休息过。有好几次想过辞职，可心里又放不下丰厚的薪水。这下好了，被辞退，等于是公司替我做出了一个正确选择。”

还有这等神逻辑！我听后笑了，问：“接来下有什么打算？”

她说：“我先回老家好好陪陪家人，再去欧洲边游玩边考察学校，计划去欧洲读研。”

后来，她真的去欧洲游玩了一圈，又进了德国一所大学读了研究生。现在她能说一口流利的德语，还是一家跨国公司的高管，工作清闲且待遇丰厚。

初蕾经常跑德国，有时帮我捎带个口红，偶尔送我个双立人的指甲刀。我很羡慕她能飞来飞去，视野开阔了不少，眼界也高远了很多。每次跟她聊天，都可以从中摄取很多新鲜的信息，有些谈话内容我都写在了文章里。

有一次，我们一起回首往事。谈及她之前的公司，她说：“我从来没有因为被陷害和被辞退而陷入忧伤中不能自拔，如果当初不被辞退，可能我还伏在小小的格子办公桌上加班到凌晨。正是那个同事的挤对，让我追逐到了更多属于自己的自由，也扭转了我的运势和职业生涯。”

我想起了她之前说过的那番“神逻辑”：世界以痛吻我，我却报之以歌。我大声歌唱，沉浸在自己优美的歌声中，所以我觉察不到痛疼和伤害；我欢乐地歌唱，吸引来的是鲜花、星星和飞鸟，我周围的世界就会变得越来越美好。

三

张德芬在《遇见未知的自己》这本书中提及一个ABC理论：A（事件）——B（信念，想法）——C（结果）。书中说：“A永远是中立的，同样的A，发生在不同人的身上，会有不同的C出现。”

就拿很久之前看过的一则小故事来举例吧：炎炎烈日的沙漠中，气若游丝的两位旅人取出唯一的水壶，摇了摇，发现只剩了半壶水（A）。在炎热的沙漠中行走，命悬一线，半壶水是救命的，这时，信念起到至关重要的作用。一个旅人说：“唉呀，好糟糕，我们只剩下了半壶水（B1）！”他因“只剩半壶水”而灰心丧气，破罐子破摔，最终命丧沙漠（C1）。另一个旅人却高兴地说：“哇，真幸运，我们还有半壶水（B2）！”他因“还有半壶水”而斗志重燃，一鼓作气，最后死里逃生（C2）。

其实，人生中有好多事情就像那半壶水一样，换个角度看问题，就有不同的答案、不同的心情、不同的人生。

有句话说：真正伤害你的，从来不是事情本身，而是你对事情的看法。要想让自己免于伤害，就要用乐观的态度温柔地去看待问题。

如果你身在天寒地冻的冬天，不要悲观，继续奔跑；冬天来了，春天还会远吗？

如果你处于大面积的阴影里，不要失落，转身、回头，阳光肯定就在你的身后。

一、“要么不做，做就做好”

前几天，我在微信上呼叫夏天同学，让他帮我设计一下微信公众号的二维码图片。

夏天同学是跟我一起长大的伙伴，现在是一名设计师。小时候一起玩耍时难免会闹小矛盾，我伶牙俐齿，他笨口拙舌，跟我比文比不过，他就武力解决，仗着自己人高马大，经常打得我哭鼻子。所以，我以此为要挟，使唤起他来得心应手。

“哥们儿，在不？帮我设计个图片。”

“忙着处理邮件呢，没空！”

“你忘记你当年打过我很多次吗？我哭得梨花带雨、肝肠寸断……”

“什么图片？发过来！”

我扬扬得意地把二维码发过去，跟他说：“简单一些就可以，越快越好。”

他说：“不要着急，我慢慢给你设计。要么不做，做就做好。”

其实是一个很浅易的设计，而且我要求也很简单，他几分钟内就可以搞定，然后扔给我，并让我感恩戴德一番。

可他是怎么做的呢？

一开始，他从网站上挑选了几个素材，又给字体选了几种颜色，让我挑选自己喜欢的，

然后，他又把设计分别做成了几个大小不同的尺寸，让我挨个在公众号里测试，选择一个最合适的尺寸。

选好尺寸，我说：“大功告成，这个就OK。”

谁知过了几分钟，他又发给一张图片，说：“还是用这个吧。”

打开图片一看，我有些小惊喜：图片里竟然被他细心地加了一道小花边，花边由白色和淡绿色的小叶子组成，清新雅致。

我感叹道：“这么一来，图片看起来好文艺！”

他说：“要的就是这个效果，图片得配文字，只有搭配和谐看起来才赏心悦目。”

百忙之中，他抽出时间帮我设计，没有草草了事，反而一丝不苟、精益求精，做出的图片远远超过了我的预期。

“要么不做，做就做好。”我恍然大悟，有因必有果，难怪他的薪水一直芝麻开花节节高，难怪经常有好的公司向他抛出橄榄枝。

二、一滴水也可以反射整个太阳的光辉

朋友要从韩国寄给我一大包衣服。包裹里有她姐姐的衣服，也有我的衣服。朋友说，先把包裹从韩国发给姐姐，然后再让姐姐寄给我。

多次收到从韩国寄来的衣服，每次都被快递公司打包得紧紧实实，打开后，里面的衣服总会皱得像一团核桃，再好看、再昂贵的衣服，因为皱巴，都会变得惨不忍睹。

有一天中午接到快递的电话，通知我下午送货，让家里留人。

挂了电话，我马上收拾起书本，从卧室里拿出挂烫机，准备收到快递整理包裹后，把里面的衣服一一熨烫，好把它们整理出个漂亮模样。

下午快递送来包裹，我挽起袖子准备大干一场。出乎意料的是，打开包裹后，我发现里面的每件衣服都被熨烫过，而且叠得

整整齐齐、有棱有角。衣服很仔细地进行了归纳和分类：上衣和下装分开，深色衣服跟浅色衣服隔离。

我小心翼翼地打开衣服做统计，再小心翼翼地按照折痕叠起来，生怕弄皱弄乱。

那种感觉，神清气爽，又微微有些感动，就像本来做好十足的准备要奔赴一个硝烟弥漫的战场，却不小心踏入了“中无杂树、芳草鲜美、落英缤纷”的世外桃源。

一滴水可以反射整个太阳的光辉，从一件小事儿上就可以看出一个人的品质和修养。

我想，有这般心思的姐姐肯定很美，无论在生活上还是事业上，肯定过得舒心和称心。

后来在朋友的朋友圈里看到她姐姐的照片，虽已是两个孩子的妈妈，看起来却温婉动人，眉眼中沉淀的都是岁月的精华，一副幸福的模样。听朋友说，姐姐自己还经营着一个小的外贸公司，生意虽不是很大，但美食甘寝足矣。

三、用心、专注，才可以把事情做到极致

我一个同学被公司外派到德国工作。他跟我讲了一个故事：

初到德国，很多地方都不熟悉。有一次，他需要去考察一个商店，不知道地址，就向邻桌的德国同事咨询。

德国同事听完后，没有直接说在哪条街道、哪个路口，而是从电脑上打印出来Google地图，然后在地图上用笔细心做好标示，再口头仔细解释了一遍。

同学说："这个德国同事的所作所为体现出他在工作上极高的效率和卓越的品质，把工作做到了极致。"

对德国同事而言，我的同学相当于一个"客户"，这个回答相当于一个"产品的交付"。

一张带有细致标注的纸质地图，看起来直观形象，胜过任何的语言描述，也比记忆更加可靠。

客户希望对产品的交付一蹴而就，他第一次交付，就交了完美的答卷，避免了第二次、第三次交付，不但提高了效率，也给了客户极佳的体验。

同学对德国人的这种态度钦佩不已，他说："自己工作上总是有疏忽，不能做到尽善尽美，是因为自己不够用心，不够专注，考虑得不够周全。"

唯有积极主动，脚踏实地，竭尽全力地去追求，用心、专注地去实现，才可以达到一种极致，才可以把事情做到尽善尽美。

夏天对一个小小的设计都没有掉以轻心，朋友的姐姐把衣服整理得整整齐齐。他们用心、专注，都持有一种精益求精、把事情做到极致的态度。

四、把眼前事情做到一种极致，下一步的美好自然就会呈现

王国维在《人间词话》中写道：“古今之成大事业、大学问者，必经过三种之境界：‘昨夜西风凋碧树，独上高楼，望尽天涯路。’此第一境也。‘衣带渐宽终不悔，为伊消得人憔悴。’此第二境也。‘众里寻他千百度，蓦然回首，那人却在灯火阑珊处。’此第三境也。”

“众里寻他千百度，蓦然回首，那人却在灯火阑珊处”，这第三境界就是一种极致。

生活是由千千万万件小事组成的，比如我们的衣食住行，我们的身体健康，我们的学习和工作。这些事情大多平淡无奇、琐碎单调，但就是这些小事，组成了成就大事的基石。

而所有的事情并不是一个单层的平面的自然再现，而是一个可以层层深入的立体的境界创造。

要想从这些看似单调却复杂的小事中寻找出美好，我们必须

要有把事情做到极致的心态。这种心态，像花蕾绽放，像微风轻拂，虽细微，但坚定美好。

从生活中寻找一个自己擅长或感兴趣的领域，从基础开始，慢慢深入，等技艺或艺术达到很高的水平，还是要不知疲倦地追求下去，往更高的层次努力，等到技艺炉火纯青之时，就是大功告成之日。

就像李善友教授在一次演讲中所说："把眼前事情做到一种极致，下一步的美好自然就会呈现。"

别人光鲜背后多的是看不到的努力

一

前几天和闺密一起逛商场。在一家服装店里，闺密遇见了大学时的同学，闺密跟她寒暄几句，并介绍了我和她认识。那女孩冲我笑笑，很美的一个女孩，穿着很有品味，举手投足之间也很有气质。

走出服装店，朋友告诉我："她是那家服装店的老板，在麦凯乐、佳世客等商场也有几家店铺。她太幸运了！"

"幸运？"我问道。

"嗯，她父母都是普通工人，家境并不富裕。上大学那会儿她省吃俭用，毕业时把自己攒的钱和打工的钱都拿出来，又向亲戚朋友借了一些钱，凑够了首付，买了第一套房子，然后不断买房再卖房，挖掘到了第一桶金。现在估计资产上千万了吧。”

我对闺密说：“这不仅仅是幸运，幸运只是占了一小部分。其实，大部分是靠她的努力。”

之前，看到别人有所成就，我也总是羡慕别人有那么好的运气，也曾感叹过上天不公。后来，我接触到越来越多优秀的朋友，慢慢发现，事实并非如此。

二

文文跟我年龄一样，都是“85后”。她是青岛一家影视公司的创始人。

我和文文是通过朋友介绍认识的。第一次见她时，她穿着格子衬衣、微胖、笑声爽朗，给人感觉很阳光，毫无距离感。

当时她还在传媒公司上班，给公司跑业务。那次见面，她跟我们几个人聊天时说起自己准备从公司辞职，然后注册一家公司开始创业。当时她说这话时只是风轻云淡地一带而过，并没有深谈。

那会儿我们刚毕业一两年，不谙世事，对未来感到迷茫又充满向往，正是适合谈梦想的年龄。而当时，我也以为这只是她的一个遥远“梦想”。

可过了没多久，她真的辞职了，并风驰电掣般注册了公司，租了办公室，招了员工。

我们也有梦想，可当时只想着先稳定下来，然后慢慢积累工作经验，完全没有她的气魄。

有一天她喊我去她的办公室喝茶。办公室租在一个半新不旧的小区里，房子的内部装修很简陋。客厅是办公区，坐着五六个员工。卧室作为文文自己的办公室，办公室对面有一个小储藏屋。

来到她的办公室，我的视线落在书架上的微电影奖杯上。文文有些不好意思，微微一笑，说：“这是我导演的第一部作品，本来不想参加比赛的，但这奖杯有象征性的意义，有利于争取到更多的客户，其实我的影视制作经验和技巧还不是很丰富。”

我在她电脑上看了这部微电影，看完后惊叹不已：主题很新颖，带有现实意义上的艺术思考；解构方法和剧本格式等细节处理得恰如其分，得这个奖杯，是实至名归啊。

同时，我也不得不佩服文文，从这部微电影里，足可以看出导演的专业性和创造性。不知她研究了多少部电影，做了多少功课，才可以拍出这么好的作品。

当初聊天时，她说："我想辞职，自己注册一家影视公司。"我想，她说这话时，语气之所以那么风轻云淡，是因为她已胸有成竹吧。

喝茶闲聊中，我问她住在哪里。

她起身把办公室的门关上，然后神秘地笑道："就住在对面的储藏室里。"

我惊讶。她继续说："没办法，现在处于创业阶段，开销太大，租房的费用能省则省。"

我问她："如果让员工知道不太好吧？"

文文说："所以我都是在员工走后才溜进屋子里休息的。"

"那如果加班呢？"

文文眨巴眨巴眼睛，指了指办公桌旁的折叠床，说："虽然累些，好在员工们工作起来都挺拼的，让我看到很大的希望。有时候他们赶片子会加班到凌晨。累了，我就在折叠床上躺会儿，等员工都走后，再回储藏室休息。"

我在担心她的睡眠环境，她却为员工的努力感到欣慰。这股子拼劲，再加上这么乐观的心态……当时，我想，以后在岛城，文文的公司肯定会一枝独秀。

果不其然，公司的发展势如破竹，播下的种子开始萌芽、开花、结果。

一开始零零碎碎地接一些小单子，慢慢就有了口碑，后来开始跟实力雄厚的大公司合作。

最近一次跟文文吃饭，她是开奔驰过来的，依旧是爽朗的性格，也多了一些从容和成熟。聊天时，她感叹：“现在，员工能独当一面了，我终于有了属于自己的空闲时间！”

朋友圈里，经常看到她旅行的照片，可能今天还在青岛，明天就去泰国了。多少人羡慕她的这份逍遥，却很少有人知道，她在背后付出了多少汗水，才换来这份自在的时光和心情。

三

我们圈子里有一枚逗逼，他的名字跟他的人一样土里土气，叫徐建设。

建设的一个“闪光点”就是不修边幅。传说他经常连续一个月不洗澡。有一次朋友调侃他：“建设，又有一个月没洗澡了吧？”他认真地拿起台历，仔细数了数日期，说：“哪里哪里，不到一个月，还差八天呢。”就是这么邋遢的一个人，可他还到处宣称自己有洁癖。

这哥们儿还超级自恋，说自己是吴彦祖。客观地评价，其实，他的长相是吴彦祖的反义词。

有一次我们几个一起吃饭，他照了照墙上的镜子，说："你们看看哥多帅，哎呀，帅呆了！"

他的话换来的是鄙夷声一片。我说："你长得比宋小宝好看些。"他不假思索地甩来一句："你可以侮辱我的人格和灵魂，但绝不可以侮辱我的美貌。"我正喝着水，听到这句话，呛出了眼泪。

建设的老家在农村，家境很差。有一次我问他媳妇："你跟建设是怎样认识并走到一起的？"

我期待听到浪漫的情节，谁知他媳妇一脸忧伤，说："别提了，第一次见他是在冬天，他穿着红色的针织毛衣，据说是上高中时他妈时给他织的，一直穿到大学毕业。毛衣袖口破得不行，把我给心疼的呦……"

哈哈，好吧，徐建设就是这么一个另类！

按说这么一个人，怎么也不会跟"成就"二字联系到一起。可是，他有自己的公司，他的广告公司已经七周岁了，至今还在活蹦乱跳地成长，赚得盆满钵盈。

在生活中，他把自己活成了一个笑话。可是，在工作中，他绝对是一个认真严肃的存在。

大学毕业后，他找工作四处碰壁，好不容易被一家民营的小广告公司收留，在那儿工作了几个月后，他又被辞退了。走投无路，他只好自己创业。创业需要注册公司，那会儿注册公司是需要实缴资金的，他硬着头皮从所有的朋友那儿借了十万元，存入银行，等公司注册完，再一一归还。

因为公司需要给客户做设计出方案，他没钱招聘员工，就自己买书学习设计，他认真地进行字体排印，仔细研究版面和视觉艺术技巧。别看他平时大大咧咧的，可工作起来却是真正的“两耳不闻窗外事”。有一次我去他办公室，连喊他几遍他都没有听见。

都说认真工作的男人最帅了，建设工作起来很“吴彦祖”好吗！

有一次我跟他一起走在路上，客户给他打来电话，他边走路边跟客户说方案，结果，头碰到电线杆上了，因为跟客户探讨方案太投入，他还跟电线杆说了句“对不起”。挂断电话后，他对我抱怨道：“靠，那哥们儿头还真硬，碰得我的头到现在还疼！”

他吃苦耐劳，从不摆架子。七月份，他跟工人们一起搭建舞台，汗流浃背，等工作完成，请大家吃饭时，工人们才知道他就是雇佣他们的老板。

他至今不会开车（此人别名“笨蛋”）。有一次他和工人一起干活到凌晨3点多，回家时叫不上出租车，就让一个工人骑摩托车带他回去。他说，回来时，自己坐在摩托车后座上睡着了。他迷迷糊糊地跟开车的工人说他刚才竟然睡着了，工人来了一句：“我刚才也打了一个盹。”听了这话，他一个激灵，马上清醒了，怪不得做梦梦见自己在云端跳舞，原来开摩托车的睡着了，把摩托车开得东倒西歪。

当他跟我们说起这一段时，朋友们哈哈大笑。我却笑不出来，心里满满的佩服：这简直是拿生命在拼搏啊！

建设起点很低，他其貌不扬，不能靠脸吃饭（但愿不被他看到）；他也没有钻石老爹，不能啃老。他能从低起点爬到现在的高度，离不开他的逗逼心态和那股拿生命拼搏的干劲儿。

四

冰心曾写过一首诗：

成功的花，

人们只惊羡她现时的明艳

然而当初她的芽儿
浸透了奋斗的泪泉
洒遍了牺牲的血雨

我们往往只看到别人表面的光鲜，却看不到他们背后的付出和努力。

当我们在迷茫徘徊时，他们已经树立好清晰的目标并站在起跑线上跃跃欲试；

当我们沉浸在失落痛苦中不能自拔时，他们正一心向阳地在坎坷中欢笑奔跑；

当我们在三天打鱼两天晒网时，他们在始终如一、持之以恒地挑灯夜读、伏案工作；

当我们还在原地踏步时，他们已小荷初露尖尖角；

当我们迈出第一步时，他们在自己的学习或事业中已更上一层楼。

所以，不要再把别人辛勤浇灌的成果当作幸运，没有一个人是可以随随便便成功的。人，生而不易，而唯有努力和付出，幸运才会光顾。

闪婚+裸婚，这两个时髦我都赶了

有人说，“金钱是婚姻的基础”，还有人说，“对一个人了解得足够透彻了，才可以结婚”。

可是，我跟飞同学却背道而驰，选择了“闪婚”+“裸婚”。

2011年，他从石家庄分公司调回青岛本部，回来时给我发了信息。记得那是一个春日的午后，我坐在公交车靠窗的座椅上，阳光透过车窗照在身上，我戴着耳机听着音乐，心里暖洋洋的。忽然听见手机有短信提示，打开一看，是一个陌生号码发来的问候短信，我没有理会。过了一会儿又来一条短信，对方说了自己的名字。哦，原来是他。

从收到他的信息的那一刻往前推算，我们已经整整四年没有联系了。

我读大二时，跟他有过一面之缘，他带我去了趟图书馆，请我喝了杯奶茶，然后，路人一般，各自从彼此的生活中消失，就像雪花飘落时不小心碰触到了树枝，说了声“sorry”，树枝听了后，眼皮都懒得抬一下，道声“没关系”，然后雪花继续随风飞舞，树枝继续在半空中伫立。

短信上寒暄了几句，我们加了QQ。彼时，我在城市的北端，他在城市的南端。工作之余，我们就在QQ上聊聊天，无非是“吃饭了吗”“喝水了吗”之类平淡无奇的问候。聊天不多，断断续续，工作一忙，就会把对方冷落。

有一天上班时间，手机铃声响了，我走出办公室，接了他的电话。全部对话如下：

“你有男朋友吗？”

“没有。”

“我也没有女朋友。要不咱俩结婚吧？一起攒钱买房子。”

“好的。”

现在想想，在同一个频率、同一个时间点，他想有个属于自己的家，而我也厌烦了一个人的生活。一个电话就像一座桥梁，他慢慢走向我，我也慢慢走向他。

关于韩剧《太阳的后裔》，网传的大多是关于势均力敌的爱情。其实，我俩也算是“势均力敌”的一对：身高方面，我170cm，他180cm，身高差合适；皮肤方面，他白，我黑，互补；家境方面，我家穷，他家也穷，门当户对。

两个“不可理喻”的人就这样在一起了，谈很短的恋爱，直奔结婚主题，不需要“穷追不舍”，也不需要“欲擒故纵”，没有鲜花巧克力，亦没有烛光晚餐。

这样确实省了很多事儿，也省了不少时间和银子。我们一起逛超市时，推着手推车会不自觉地走进生活区，买盘子买碗，买枕头买被子。外出时，如果近就步行，如果远就坐公交。租房要选视野最好的、价格最便宜的，于是租了小阁楼。

闪电般的速度，我们领了结婚证，然后办了婚礼。

童话故事的美好结局是：从此，他们过上了幸福的生活……

每个人都渴望这样的“happy ending”，可生活毕竟不是童话，步入婚姻，只是一个开始，前方路漫漫，有鲜花欢笑，也避免不了荆棘坎坷。关于自己的婚姻感悟，就从以下几点说起吧。

一、老是抱怨对方不够好？

很多时候，是因为了解得不够深刻

我结婚太早，都结婚两三年了，周围的姐妹们还行走在恋爱、相亲或准备结婚的路上。所以，我莫名其妙地就成了她们的“恋爱砖家”，经常会听见类似如下的吐槽：

“他说时间紧，先不送我回家了，改天再约，肯定是对我没意思。”

“他吃饭时，不会主动给我拉椅子，不会绅士地帮我倒水，真心不如前男友体贴。”

“男友太小气，他去吃饭或者看电影前，都要先去糯米网团购一番，舍不得为我花钱。”

“他很少主动给我打电话或发信息，心里估计没有我。”

我不会对事情妄加评价，一般会这样说：“我建议你深入地去了解一下对方，或许事实跟你想象中的不同。”

刚结婚那会儿，年轻的我也想被人捧在手心，像宝贝一样好好呵护着。

可飞同学不太会照顾人。有一次一起去海边玩儿，海风很大，吹得我不禁打了个寒战。我说：“好冷！”他没有脱下外套披我身上，也不来个温暖一抱，直接甩来一句："我都跟你说了，海边冷，一定要多穿衣服，你偏不听，现在后悔了吧？"

如果当时没结婚，我肯定会跟他甜蜜地说声Bye-bye。

更别提吃饭时拉椅子、口渴时主动帮忙倒水这些细致活儿了——飞同学从来不会。

对了，每次出去吃饭或者看电影，飞同学都会先团购，当时我在心里也默默说了声："真小气！"

不够暖、不够温和、不够贴心，因为这些，刚结婚那会儿，我跟他吵过很多次，甚至想过分手。

后来才慢慢知道，他不是不暖，而是每个人表达爱的方式不同。如果一开始因为这个而分手，估计我肠子都要悔青了。

团购是一种性价比高的消费方式，不应该因此就给对方贴上"小气"的标签，这属于勤俭持家，开源节流，该花花，该省省。

发发微信、打打电话说说甜蜜的好话，吃饭时顺手拉拉椅子等，这些不需要付出任何时间和成本，每个人只要想去做都会做，而且都可以做得足够好。很多"渣男"不就是把这一套练得炉火纯青吗？

但飞同学却选择了另一种方式来表达自己的爱。

比如，因为我常用电脑，飞同学特意给我换了一个Macbook Air，他给的理由只有一个：苹果电脑用着舒服。

我喜欢在淘宝上买衣服，他非拉着我去实体店，花钱花得我心疼，他眼睛却不曾眨一下。

买车时，我要求买便宜的，代步就可以，他说我太笨，协调性不好，买辆性能相对好的车给我开，他能放心一些。

我无意间提出的小心愿，他会默默努力地去帮我完成……

我是感到庆幸的，因为结婚了，有了“束缚”和“牵绊”，不会因为“不常给我打电话或发短信”等这样的小事儿而轻易地去结束一段关系。

当然，我并不提倡“闪婚”，事物都有两面性，有的因为闪婚而找到知心伴侣，有的也因此而走向一种不好的极端。

我想说的是：在恋爱或者婚姻这段亲密关系中，不要因为自己的主观臆想和片面观察去全盘否定一个人。在做出决定之前，需要更深一层地去了解对方，需要更近一层地去看透对方。多思维多角度地去看一个人，会发现很多隐藏未见的发光点。

老是抱怨对方不够好，很多时候是因为了解得还不够深刻。

二、讲话与情绪的重要性

昨天上午飞同学一个人开车出去，很神秘的样子。下午我去车库，打开后备箱时，发现里面有几个大包小包，打开一看，是一对蓝白相间的情侣运动鞋，还有一件卡其色的外套。我终于明白过来，原来他是出门给我准备生日礼物了，还想着给我一个Surprise。

我心里确实有些小惊喜，迫不及待地把运动鞋穿上试了试，小了；外套拿在手里，才发现是件貂绒材质的毛衣，价格贵得离谱，可冬天我不怎么穿毛衣，再说现在已是春天。

我打电话给飞同学，跟他说："谢谢你的礼物，不过不太合适，我们去退换吧。"

飞同学歉意地笑了笑，有些懊恼，想想自己精心准备的礼物却不合适，有点儿生自己的气。

我们一起开车去商场，路上我对他说："飞哥，你这么有心，我真有些感动了，可是不合适，留着也是浪费啊，不如退了，或者换了。"

看他默不作声，我又半开玩笑地说："其实，你送不送礼物都没关系啊，情人节没有，妇女节也没有，我都习惯啦。"

他瞪了我一眼，终于笑了出来。

到了店铺，我换了一条棉麻裙子，又给他买了一件休闲西装。从服装店出来，我又去肯德基买了两个甜筒，他一个，我一个，两人边吃边笑，边笑边说。

他说："你看看，咱们有多久没有单独出来了，这次换衣服正好给了我们一个好的契机，走，看电影去！"

依旧是人来人往熟悉的商场，电影院的空气中始终弥漫着爆米花的香气，甜筒依然是清甜的口味，玻璃窗上模糊的影子，还是我挽着他的胳膊。好像时光倒转，我们又回到了年轻时代。

如果在几年前，我肯定脸一沉就开始抱怨："你连我穿多大的鞋子都不知道吗？大春天的买冬天的衣服，不动脑子吗……"接着就是吵吵吵。

结婚多年，我终于明白了语言沟通和情绪的重要性。我们对待陌生人可以彬彬有礼，小心地斟酌自己的言语；对待最亲的人却不控制自己的情绪，直言不讳，甚至使用嘲讽、歪曲、夸大、贬低的语言，让他们受到伤害。

如此对待与自己携手一生的人，于心何忍？！

我们要做的，是多站在对方的立场上去思考问题、表达思想。同样的一个意思，委婉地表达出来，比赤裸裸的表达更易让人接受。

世界是一个能量的组合。张德芬说：“不仅是所有眼见的物质，连看不见的声音、思想、意念、情感，都是某种有特定振动频率的能量！”情绪在婚姻中的重要性显而易见。如果你开心，他（她）也欢乐，如果你伤心，他（她）也会跟着难过。有时候，一番软语就会避免“大动干戈”，一个微笑就能代替“火与硝烟”，何乐而不为?

三、我所认为的最好的婚姻状态

那年夏天天气格外闷热，各种琐事儿、各种不顺接连而来，生活像波浪把我推来推去，推到沙滩上，搁浅，我像一条晒干的鱼。而他，忙工作，各种开会各种加班，无暇顾及我。

“我想自己去马来西亚游玩几天。”我对他说。

“不行！”他想也没想就拒绝了我，“你一个人去我不放心。”

我想出去旅游，旅游的目的不是为了走出去，而是想把自己找回来。我先斩后奏，偷偷办了护照，定了机票。

临走的前一天，我告诉他，明天的飞机，飞马来西亚。

他在台灯下做方案，听到我的话，手颤了一下。沉默许久，他说：“几点的飞机？我送你去机场。”

第二天到了机场，他陪我在椅子上坐了很长时间。话不多的他，这次却一直不停地絮絮叨叨：“你要好好照顾自己，要小心坏人，饿了多买些自己喜欢吃的……”

我点头，眼圈儿有些红，催着他回去上班。目送他走远后，我坐在椅子上，翻出书，打发无聊的候机时间。这时，有人拍拍我的肩膀，我抬头一看，还是他，他不放心我，走了又返回来了。

他抱住我，说：“你一定要注意安全啊，到马来西亚后给我电话。

我强忍住眼泪，说：“我都是大人了，又不是小孩子，放心吧。”

到马来西亚后，已是凌晨两点多，我第一时间给他打电话，电话响了一声，他立马就接了。

“还没睡吗？我下飞机了。”

“嗯，知道了。自己照顾好自己。”

坐在吉隆坡国际机场的座椅上，我想，或许这就是婚姻最好的状态。两个人的关系就像两个相交的圆，彼此交集、彼此牵手、彼此爱恋、彼此牵挂，每个圆却又有属于自己的独立空间、自己的人际圈子、自己的思想和自由。

“我必须是你近旁的一株木棉，作为树的形象和你站在一起。”

四、实现真正的爱的有效方式

在《少有人走的路》中，有这么一段话：“真正的爱，需要投入和贡献，需要付出全部的智慧和力量，要使对方获得成长，必须付出足够多的努力，不然爱的愿望就会落空。唯有真正的投入和贡献，才是实现爱的有效方式。”

对此，我深有感触。

我们俩从来没有因为金钱的匮乏而吵过一次架。结婚后，我们俩买了一个冰箱放到出租屋里，他跟我调侃道：“你看你，跟着我还能吃上冰箱里的食物，幸福吧？”

我被他逗得哈哈大笑，大声回答：“幸福，老幸福了！”

那时，我们俩都知道，生活会越来越好的。面包会有的，牛奶也会有的。并且，我们已经有了可以存放面包和牛奶的冰箱了，不是吗？

住在自己温暖的小窝里，有时回味那段清苦但快乐的日子，心里颇有“成就感”。

我和飞同学不是“灵魂伴侣”，他是高冷理科男，喜爱数据、经济、管理，我则喜欢文学；我偶尔看看韩剧，他喜欢玩Dota；我喜欢干净整洁，他有些随意散漫；我喜欢宅在家里，是所谓的“居里夫人”，他则喜爱户外运动；我喜欢独处，他喜欢热闹。总之我俩的爱好与生活方式不相似，甚至可以说是大相径庭。

但婚姻里的两个人是相互影响的。只要彼此用心经营，心灵会越来越默契。比如，在他的耳濡目染下，我涉足了经济学、管理学等，学会了从其他角度和层面去分析和理解问题。

他逻辑思维能力强，办事儿井井有条，我处理事情则像一团麻，跟着他学习，我在办事能力上也有了一些进步。

飞同学不喜欢看文学书，有一次他出差，我往他背包里放了一本《天龙八部》，让他等飞机时可以翻阅一下。出差回来，他有些兴奋地跟我说，他觉得书比电视剧生动有趣多了，然后眉飞色舞地跟我说起里面的人物和情节。

除了投入和付出，婚姻中的两个人还要懂得互相欣赏与赞美。

就像总看同一部电视剧，看多了，自然会觉得索然无味。两个人在一起生活久了，难免会感到平淡无奇。这时，要不断学习以充实自己，也要挖掘彼此的优点去互相欣赏。

有一次，我去飞同学的公司找他，去的时候，他在会议室里主持会议，我透过玻璃窗看他指点江山激扬文字，感觉他简直帅呆了。会议结束后，我偷偷对他说："原来你有这么大的魅力啊，之前怎么没发现呢？"他一本正经地说："别瞎扯。"笑意却浮现在了嘴角。

我刚开始写文章的时候，他质疑地问我："写文章？多不切实际。你可以吗？"后来，我通过文章可以赚取稿费了，他觉得有些不可思议。再后来，我要签合同出书了，他说："没想到你还真有些能耐！"有一次他看电视剧，我经不住诱惑，从书桌走到沙发前，打算跟着一起看，谁知他把电视关了，说："做学问，哪能三心二意？！"我乐了，原来我码码文字在他眼里变成了"做学问"，虽然很浮夸，但听后心里却感到甜甜的。

如果把婚姻比作一杯咖啡，那么欣赏和赞美就像焦糖和奶泡，有了它们的调味和点缀，咖啡才更有香甜感和轻柔感。

19岁那年的冬日午后，他带我坐在校园的草坪上，天很蓝，阳光很温暖。

23岁，我们俩来到西湖断桥，那天傍晚，风懒洋洋，夕阳的余晖映照在他的侧脸上，线条有棱有角，微笑像一缕清泉，在我心中缓缓流淌。

24岁那年，我披上婚纱，他穿上西装，拉着我的手步入婚姻的殿堂。

从相识到相知，再到相爱相守。

有一天午后，我问他："你是什么时候喜欢上我的？"

"第一次见面的时候。"

"那你当时为什么不追我，白白错过了这么多年？"

"当时你跟我说，你不喜欢皮肤白的男生，我就知难而退了……"

那些／细碎的／美好

生活中，有些事儿是细碎且美好的存在。

一

我很喜欢读书。读小学二年级的时候，镇上没有书店，书只能从集市上买。我们村南每隔五天就有一个大集，每逢大集，人来人往，熙熙攘攘。

逢集是我最开心的日子，因为终于可以跑到书摊看书了。

所谓书摊，是在地上铺一块油布，然后把书一本一本紧挨着摆放到油布上，很多书经过风吹日晒，封面和页角都有些泛黄。站在书摊旁，可以"一览众山小"，想买哪本书，手一指即可。卖书的是位老人，花白头发，戴着老花镜，坐在一个旧马扎上，读读报纸看看书，安静祥和。

等攒够了零钱，我就会挑选一两本书买下，然后放包里带回家看。其他时间我就坐在书摊旁，一本一本地翻阅剩余的书。老人的书摊只摆一上午，总感觉一上午的时间太过短暂，所以我看书的速度飞快，估计我的快速阅读能力就是在那时候锻炼出来的。

老人收摊时，我恋恋不舍地把没看完的书放回书摊。隔了5天，我再去书摊，看到我，他会默默地把我上次没看完的书递给我。每每如此，这似乎成为了一种默契。

有一次我来到书摊，老人说，他身体不好，以后可能不再赶集卖书了。我听后心里一阵失落。他转身从三轮车上拿下来一本书，放我手里，笑着对我说："小姑娘，这是送你的。"

我小心翼翼地翻开书页，油墨香扑鼻而来，竟然是本崭新的《安徒生童话》，还是彩色印刷的！

那天，我拿着这本书，从下午看到晚上，我深深地沉浸在童话世界里，不能自拔。爸爸喊我睡觉，我就关上灯，躲在被窝里，拿着手电筒一页一页地翻看。

把巫师给的小麦粒种在花盆里，花朵绽放时，拇指姑娘就来到了世间；美人鱼为了追求爱情，脱去鱼尾，每走一步，都要忍着刀割般的痛疼，最终却和爱情一起，化为了大海的泡沫……在那个世界里，花草树木、虫鱼鸟兽都被赋予了生命和感情。老人送我的童话书，把我带到了一个神奇又瑰丽的空间，给我略显苍白的童年描绘上了五颜六色。

那本书我收藏至今。

二十余年过去了，老人可能已不在人世。每当回老家路过集市时，我都会想起那位老人。他不知道，他的一个善念，给我孤单的童年带来了多深的温情与美好。他更不知道，曾经的那个8岁的小女孩一直对他念念不忘，感恩至今。

二

读初中时，我严重偏科，文科不费吹灰之力就可以遥遥领先，理科却怎么努力也学不好。

那时每期的校报都刊有我的文章，我却从中找不到任何成就感。因为对于中考而言，语文成绩的影响力微乎其微，只有数学成绩才能起到举足轻重的作用。

那时候，在我们农村，中考失败几乎意味着求学生涯的结束，而我对求学有着深深的渴望。多少次的挑灯夜读，却没有任何的进步，因为糟糕的数学成绩，我偷偷哭了无数次。

长大后才知道“付出不一定有收获”这个道理。可当时，在自己十几岁的认知世界里，我笃定地认为只要努力，一定会成功。在这个错误的价值观和巨大的心理落差中，我焦头烂额，狼狈不堪。

我的语文老师姓杨，矮个子，很有才华，脾气也很暴躁。如果在他的课上不认真听讲，做任何小动作，都会被他劈头盖脸地骂一顿，所以，每个同学都很敬畏他，包括最捣蛋的“带头大哥”。

就这样一个对自己课堂要求甚严的老师，有一天，他把我叫到办公室，对我说：“米苏，以后上我的课，你可以不听，认真做数学题就行。如果我讲课影响到你，你可以来我的办公桌前做卷子，正好有不会的题可以问一下对面的数学老师。”

我心里满满的感激，这是对我开了一个绿灯，在他的教学生涯中史无前例。

中考结束后，成绩还没有出来时，杨老师骑着自行车骑了十几里路，来到我家家访。记忆中，他跟我父母说了很多，印象最深刻的是，他对我爸爸说：“这孩子有些灵气，即使中考失败，也要想办法让她继续读书。”

听到这句话，我明白了他的良苦用心：他怕我中考失利，担心我因此在田地里平庸一生，所以特意跑来劝说我爸妈。

成绩出来了，我没有达到分数线。爸爸想方设法让我去了市里的高中继续读书，爸爸说：“你们杨老师的话可能是对的，按照他说的来吧。”

对待一名并不优秀的学生，他尽职尽责，并对我寄予厚望。

“仰之弥高，钻之弥坚”，除了这句话，我不知道该怎样表达对杨老师的敬仰。

因为他，我的人生轨迹发生了巨大的变化。

三

人三那年，我在学校附近的咖啡店打工。

咖啡店老板是个三十几岁的男人，精明算计。

有一天，咖啡店刚刚营业，就来了一个男孩。那是个冬日，他穿着厚厚的羽绒服，戴着一顶蓝色的针织帽子，点了一杯不加糖的卡布奇诺。

我端着咖啡从吧台走向他所在的位置，把咖啡放在桌子上，转身离开时，我的外套碰到了咖啡杯，把杯子拖到了地上，随着清脆的一声响，碎片混杂着咖啡，洒落了一地。

老板闻声从厨房里走出来，阴着脸训我："你怎么回事儿，做事儿三心二意的！"

我讪讪地站在那儿，心里怨恨着自己，又有些尴尬。

谁知那个男孩对老板说道："不好意思，是我不小心把咖啡洒了，麻烦再帮我重新做一杯吧。"

老板的脸上又重新堆满了笑容。

结账时，他付了老板两杯咖啡钱，又多留下了20元，对老板说："这是杯子钱。"

走的时候，他冲我灿烂一笑，笑容里有鼓励，也有安慰。

我拿起扫把清理地上的碎渣，眼睛里噙满了泪水。

后来几天，我一直在店里寻找那个男孩，想把咖啡和杯子钱还给他，并真诚地说一声谢谢，却再也没有见到他。

参加工作后，有一次，我跟朋友去饭店吃饭，一个女孩上菜时不小心把菜汤洒到了我身上，滚烫又油腻。

朋友看我疼得龇牙咧嘴，不高兴地对那女孩说："怎么回事儿？能不能小心点儿。"

饭店主管走了过来，女孩连连道歉，一张青涩的脸上写满了不安。

似曾相识的场景。我连忙对饭店主管说：“抱歉，是我起身时不小心碰洒的，不关她的事儿。”

吃完饭，我跟朋友走出饭店，那个女孩追了出来，把50元钱塞到我手里，说：“姐姐，对不起啊，还有，谢谢你！”

我又把钱还给她，摆摆手走了。

不用谢我，应该谢谢我在咖啡屋打工那年遇见的男孩，他的一个善意之举，照顾到了我年轻时的自尊，巧妙化解了我的困境和尴尬，临走时他鼓励的微笑，在那个寒冷的冬天，温暖并治愈了我。

四

今年我们回我对象的老家过的年。

青岛的冬天有地暖，可以穿着裙子站在窗前边看雪花边吃冰激凌，这让我有种错觉，就是今年的冬天似乎不太冷。

回到老家，才知道天寒地冻，整个人一下子被冻透了。一时适应不了太大的温差，我得了重感冒，发烧、咳嗽、流鼻涕，整个人无精打采。过完年回到青岛，感冒还没有痊愈。

有一天我去洗车，他们在清理内室时，我站在旁边，咳嗽不止。

擦车的老太太停下，对我说："姑娘，咳嗽得很难受对不对？我跟你说个秘方，把白萝卜切成块，每块萝卜中间挖个洞，每个洞放上冰糖，再放入锅里蒸半个小时，听我的话，吃了就好了。"

老太太50多岁，一张脸饱经风霜，手上的皮肤布满裂痕，干起活来虽手脚麻利，但在一群年轻的小伙子中，她看起来有些格格不入。

我点头道谢，但因为自己性格太粗枝大叶，回到家后就把这事儿给忘记了。

过了几天我又去洗车场，老太太看见我后，说："等我一会儿。"然后她去前台那儿拿了一个白萝卜给我，说："姑娘，等了你好几天。我家住在崂山，有菜地，这白萝卜是自己种的，比超市里卖的好很多，你拿回家去吃吧。"

老太太又问我："你是不是没有按照我说的法子试一试？"

我不好意思地笑了笑。

老太太说："我就知道，你们这些年轻人啊，每天忙来忙去的，就是对自己的身体不负责。"

回到家，我老老实实地煮了冰糖萝卜水。我想，无论如何都不能辜负一个陌生老人的善意。

投之以桃报之以李，那天，我去超市买了一盒护手霜，再次去洗车场的时候送给了她。她推辞了半天，终于收下。

五

罗曼·罗兰说："生活中只有一种英雄主义，那就是在认清生活真相之后依然热爱生活。"

人总会长大，在成长过程中慢慢会明白世界的残酷，也会经历现实中的苦难。真正内心强大的人，会透过风雨看到一树花开，并用心享受这醉人的花香。

有些存在，点点滴滴，深深浅浅，像雨后的一抹彩虹，像阳光下飞舞的蝴蝶，像微风轻拂的绿叶，时时在生活中优雅呈现。

这些存在，细碎且美好，带给我们的，是指尖的温度。

WO GAN

RANG ZIJI

//

HUODE BU YI YANG

Part 3：

做一个不动声色的大人

/ 活得不一样，

/ 是敢于为喜欢的生活而活，

/ 为更好的自己而活

橘生淮南则为橘

一、北方先生与南方先生

北方先生是她的老公。

跟北方先生结婚3周年后，南方先生走进了她的生活。

情人节那天，她是跟南方先生一起度过的。

南方先生利用中午的休息时间，带她来到预约好的餐厅，点了一桌子她爱吃的菜。

吃饭时南方先生妙语连珠，两人谈天说笑，氛围很轻松很舒适。

吃完饭，南方先生把她送到楼下。下车时，他从怀里掏出一个珠宝盒子放到她的手里。没有甜言蜜语，他说：“这是转运珠，会给你带来更好的运气。”说罢微笑着对她摆摆手，回公司上班去了。

刚上楼，她就收到南方先生从微信上发来的红包，接收，打开，是三个数字“921”。

“921象征什么寓意？”她百思不得其解。

“笨蛋，是‘就爱你’的意思啊。”

霸道，真切。

她眼角有些湿润。

摩挲着那串精致的转运珠，她心里洋溢着幸福。恍惚间，她想起了北方先生。

刚结婚那会儿，北方先生跟她约好下班后一起去吃烧烤。

烧烤店就在她家对面。北方先生到烧烤店后，给她打电话，让她下楼。

过马路需要经过一个地下通道，地下通道有些阴暗，只有一盏破旧的灯，发出昏黄暗淡的光。每次走地下通道时，她都会感到一丝恐惧和不安。

“你能过来接我一下吗？”她在地下通道入口处打电话给北方先生，“我有些害怕。”

“怕什么呀？”北方先生揶揄道，“都这么大的人了。赶紧过来，面筋烤好了！”

她只好独自忐忑不安地走过地下通道。

进入烧烤店，电视上播放着足球比赛。北方先生看了看她，招了招手，然后继续看球。

她坐在他对面，很不悦。那顿饭，她吃得索然无味。

她有段时间身体很虚弱。南方先生尽心尽力照顾她，无微不至。

中午，南方先生在电脑旁边待了好久。

“看什么呢？”她问。

“研究研究油泼面的做法。”南方先生回答。

她心里暖洋洋的。她爱吃油泼面，百吃不厌。

南方先生站起来，倒了杯开水给她，说：“先看会儿电视，面马上好！”

说罢，他走进厨房，系上围裙，锅碗瓢盆的声音开始响起。很快，一碗热腾腾的油泼面摆放在她面前。

闻起来香喷喷的，她赶紧拿起筷子尝了尝，好美味！比正宗的山西油泼面还要好吃！

南方先生看到她狼吞虎咽的样子，笑了，笑容里有开心，有满足，如冬日里的阳光一样温暖。

类似的事情也曾发生在北方先生身上。

那会儿她怀孕三个月左右。

下班后她坐公交车回家。公交车到站后，雨哗啦啦下起来。

从公交车站到家有几百米，她想打电话给北方先生，让他带伞来接她，可是手机没电了。

等等吧，她想，他看到下雨会来接我的。

时间一分一秒地过去，她望眼欲穿，最终没有等到北方先生。

在风雨中等了这么长时间，她摸了摸肚子，有些担心感冒受凉。雨好像越下越大，她只好把外套脱下来举在头顶上，加快速度走回家。

打开门的一瞬间，她心凉了。

北方先生正在电脑前玩Dota，玩得不亦乐乎。

“下雨了，你不知道给我送把伞吗？”她委屈得眼泪直流，“就算不关心我，也得关心肚子里的宝宝吧？！”

北方先生有些不知所措，讪讪地站起来说：“对不起，我没想到。”

可能北方先生真不是有意的，可能北方先生心思本不细腻，可能北方先生根本就不懂得如何照顾别人。

可是，不管怎样，她感觉自己掉进了万丈冰窟。

跟北方先生在一起的日子，如千里冰封，万里雪飘。

跟南方先生在一起的日子，如万物复苏，春和景明。

婚姻里，得有爱与付出，得有关怀与呵护。婚姻虽受法律的约束与保护，但远远比我们想象中的要脆弱，就像刚萌发的小嫩芽，只有给予精心的浇灌与温暖的阳光，才能开花结果。

二、橘子小姐与枳子小姐

枳子小姐是他的妻子。

跟枳子小姐结婚三周年时，他认识了橘子小姐。

刚步入婚姻的殿堂时，他们内心充满了憧憬。

可是，现实把憧憬中的美好击得粉碎。

结婚那会儿没房子，没车子，他肩上的担子似乎一瞬间加重了。

在老家摆完喜宴，他便回公司上班了。婚假是在加班中度过的。

为此，枳子小姐埋怨了他好多次：“别人结婚，都去游玩儿，有去大理的，有出国的。你倒好，加班！你根本就不重视我，根本就不重视这婚姻！”

他解释：“其实我压力好大，其实想让你跟着我，早些住上属于自己的房子。”

“可是，就差这么几天的婚假吗？”枳子小姐依旧不依不饶。

他一时语塞，不知该如何回答。她不知道，为了给她更舒适的生活，他晚上会做方案到深夜。生活负担过重，他常一个人在楼道里抽烟解压。

在外面打拼劳累了一天，他好想赶紧回家，舒舒服服地躺在沙发上，安安静静地放松一下紧绷的思绪。

到家后，他忘记在门口换拖鞋，直接走进了屋子。

枳子小姐杏眼圆睁道：“赶紧把鞋子脱掉，刚擦了地板，珍惜一下别人的劳动成果好不好！”

他换好鞋子，把外套随手一放，然后，把自己扔在沙发上，平整的沙发巾顿时起了好多褶皱。

“能不能有个坐样？”枳子小姐小脸一绷，“你看看，沙发又乱了！”

在家不能这样，也不能那样，这还是自己家吗？身体疲惫的他，心里也开始疲惫。

可是，橘子小姐不一样。

橘子小姐看他穿鞋进屋，会轻声提醒，甚至帮他把鞋子放到鞋柜，再给他找好拖鞋换上。

房间被他搞得再怎么不忍直视，橘子小姐也不会说什么。

每天早上，他睁开眼就会看到床头上橘子小姐帮他找好的干净衣服，还有一个窗明几净的家。

他越来越喜欢这种感觉——舒适、自由、无拘无束。或许这就是家的感觉吧，他想。

而跟枳子小姐一起，他有种被束缚住的压抑。

有一天晚上，他跟一个重要客户吃饭。枳子小姐的电话一个接一个打来，他心烦意乱，无法集中注意力跟客户谈事儿。

其实枳子小姐打电话来并非有什么紧急事。

“你几点回来?

“你少喝酒!

“怎么到点儿了还没有回来?

“再不回来就不要回来了！”

电话中，枳子小姐越来越生气。他也越来越不安。

客户笑了，笑得有些意味深长，说：“忙的话，你先回家吧。改天再谈。”

当然，合同没有谈成。

回到家后，枳子小姐接着发脾气。俩人闹得很不愉快。

虽然，枳子小姐也是担心他喝酒多了对身体不好，担心他回家晚了休息不好。或者，枳子小姐需要他更多的陪伴。

可是，他的自由呢？他的空间呢？他的事业呢？

那种被束缚住的痛苦越来越强烈。

还好，橘子小姐让他破茧重生。

他跟橘子小姐的微信对话如下：

他：“今晚得跟哥们儿聚餐，不陪你吃饭了。”

橘子：“好的。多吃饭，少喝酒。”

他：“可能回家会很晚，你先睡。”

橘子：“好的，好好玩儿。”

深夜回去，橘子小姐有时会在落地灯下捧着一本书边看边等他。

有时她睡着了。当听到他回家的脚步声，她会起床去厨房帮他倒一杯开水，或者热一杯牛奶，然后坐在他旁边，安静地听他讲聚会时发生的趣事儿。

婚姻是两个个体的结合，每个个体都有自己独立的情操和特性。

真正的爱，从来不是合二为一，而是尊重彼此的独立，共同成长。

三、橘生淮南则为橘，生于淮北则为枳

其实，北方先生就是南方先生。

橘子小姐跟枳子小姐也是同一个人。

以他们结婚三周年纪念日为分水岭，三年前的他们分别是北方先生与枳子小姐，三年后的他们分别是南方先生与橘子小姐。

林语堂说过，婚姻是一种妥协的艺术，是一加一的民主，是一对一的自由。

婚姻中，需要真心呵护对方，更需要尊重彼此的自由与空间。爱是前提条件，尊重则是必要条件。

在前提条件与必要条件都满足的情况下，婚姻中也难免会有磕磕碰碰。毕竟，两个人的家庭背景、成长经历、经济基础、工作状况等都是存在差异的。

而我们要做的，不是去改变一个人，而是为了他（她）进行自我改变。

橘生淮南则为橘，生于淮北则为枳。

当你为他（她）改变自己时，你会惊喜地发现，他（她）也慢慢变成了你所喜欢的样子。

做一个不动声色的大人

一

前段时间去成都旅游。成都气候湿热，土生土长的北方人去了南方，水土不服，虫咬引起了严重的皮肤过敏，胳膊就像中了巫婆的咒语，痛苦不堪。祸不单行，常年的胃病又犯了，翻江倒海般地疼。

我坐立不安，一副苦大仇深的样子。

我对飞哥说："姑娘我为什么会这般风雨萧条？"

飞哥沉思良久，一本正经地回答："可能是人品出了问题。"

那天我吃着樱桃，一个想法电光石火般一闪而过。我收拾了几件衣服，没跟飞哥打招呼，直奔车库驱车一个半小时回到了老家。

我回家，爸妈高兴得不得了，下楼帮我提东西。我自己提着装衣服的包，说：“没其他东西了。”他们打开后备厢，发现空空如也，问我：“书呢？电脑呢？”

我说：“妈，我暂时不工作，这次回来闭关，打算闭关七七四十九天。”

上楼时，妈妈在我后面说：“记得你读幼儿园的时候，全班小朋友都有小红花，你把一个小男孩打哭了，就你没小红花，我正担心你不高兴呢，结果你兴高采烈地对我说：‘妈妈，你看我多么与众不同！’

“小时候你自己学会了爬树，去树上摘槐花，结果下不来了。喊了半天没人应答，你只好自己跳下来了，然后一瘸一瘸地走回家。

“中考落榜，我跟你爸爸一晚上没睡着，你倒好，睡到日上三竿。

“你现在这么大个人了，还是这么没心没肺。”

……

妈妈的话就像桃花岛主吹的《碧海潮生曲》，“忽而冰山飘至，忽而热海如沸，极尽变幻之能事，而潮退后水平如镜，海底却又是暗流湍急，于无声处隐伏凶险，更令聆曲者不知不觉而入伏，尤为防不胜防，短时间内可乱人心神。”

我大声打断，说：“妈妈，中午我想吃高密炉包，牛肉芹菜馅的！”

二

第二天睡醒睁开眼，快11点了。

我躺在床上不想动，看着窗外，杨树叶子像一串串的绿色铃铛，被风吹得哗哗作响。叶子在风中摇曳，就像自己，人生路上饱经风吹日晒，身临其境，不禁黯然。

妈妈走进房间，笑着说：“从明天开始，不许睡懒觉了，早起跟着我下去散步，现在赶紧起床！”

我懒洋洋地洗漱，漫不经心地往脸上涂护肤品，妈妈提醒我说：“眼睛周围皮肤娇嫩，要用眼霜，不能用其他的。”

我仔细看了看妈妈，五官还是那么精致，脸上几乎没有皱纹。高高的个子，苗条，经典黑白灰的穿着，怎么看都不像50多岁的人。

我看着镜子里自己的黑眼圈，说：“妈妈，我老了，你还是那么年轻。”

她笑笑，说：“认真对待自己，岁月也会认真对待你；认真对待生活，生活也会认真对待你。”

妈妈每天都早起，第一件事就是看书，然后打扫房间，家里窗明几净，就连几盆绿植上都没有灰尘。

我看见妈妈把花搬到阳台，用水壶把水仔细地一点点喷洒在绿色的叶子上。阳光照在叶子上，发出生命的光芒。

我翻看了妈妈的读书笔记，字迹工工整整，看不出浮躁与焦急，满满的从容不迫。

2012年，妈妈给我打电话，声音里充满了惊喜，说：“你看新闻了吗？诺贝尔文学奖的获得者是我们高密的莫言。”

我说：“看了，刚想给你打电话呢。”

我们就是这样有默契。潜移默化中，她一直在影响着我，影响着我的穿衣打扮，影响着我的审美，影响着我的生活态度，只是，相比较她而言，我还需要继续修炼。

三

那天清晨，我陪妈妈出去散步，走到一个胡同，在写满斑驳岁月的老墙上，一树蔷薇正绽放得花团锦簇，香气扑鼻。

突然想起，去年夏天，我走进一家麻辣烫小店，下午人很少，老板坐在饭桌前认真看书，我进屋他竟然没有察觉。书包着纸封皮，上面写着几个字：三国演义。

路过一个奶茶小店，穿着店服的男孩拿着一把吉他对着乐谱反复练习，一个女孩在旁边悉心指导，至今犹记得女孩玉石般温柔的声音。

小区里有位腿脚受过伤的老大爷，每天清晨都会拄着双拐练习走路，不管春夏还是秋冬，日复一日。

我意识到，其实生病是自己给自己找的一个借口，去逃离，去躲避。

回家后我收拾好衣物，跟妈妈再见，说："我得回去好好工作了。"

妈妈说："记住啊，认真对待自己，岁月也会认真对待你；认真对待生活，生活也会认真对待你。"

我点点头。

村上春树说："你要做一个不动声色的大人了。不准情绪化，不准偷偷想念，不准回头看。去过自己另外的生活。你要听话，不是所有的鱼都会生活在同一片海里。"

是哦，该去做一个不动声色的大人了。

没事儿，有哥在

一

炒米饭的做法五门八花，我最爱菠萝肉丁炒饭。

把菠萝、瘦肉、红萝卜切成丁，玉米粒也洗白白在跃跃欲试的状态中，油熟后，放进锅里大火加工，再放佐料，最后放米饭，一会儿就成为香喷喷美滋滋的一团，让人垂涎欲滴。

每当吃菠萝肉丁炒饭的时候，我就想起方彦。

大学餐厅里的大锅饭总是一个口味，寡淡寡淡的，我吃不下，经常去学校旁的美食一条街觅食。街上的美食好多，麻辣烫、凉皮、油泼面等，个个直戳我的胃。

有一天下午，上完最后一节课，我跑去美食街买凉皮，刚出校门，就看见卖凉皮的老头儿推着车着急离开。

我喊住他：“大爷，我要买份凉皮，想了一下午了，您可不能就这么走了。”

老头儿抬头看了我一眼：“姑娘，改天吧，我得赶紧撤，收保护费的来了。”

我回头一看，几个人正往我们的方向走来，他们个个长得流里流气。老头儿推着车跑得慢，很快就被他们追上了。我吓傻了，站在离他们不远的地方，挪不开脚步。

我看见老头儿赔着笑，从破旧的包里拿出两张红票子颤巍巍地递给他们。

不知哪来的勇气，我走上前跟他们讲道理：“你们怎么可以这样对待一个老人？他赚钱有多辛苦你们知道吗……”他们只是笑着，歪头看着我不说话。被几双眼睛同时注视着，我越来越没底气，声音也越来越小，直想着赶紧逃走。

这时，旁边停下一辆车，车上下来一个穿运动装的男人，他朝那群人喊道：“把保护费退了。”他们听后把钱乖乖地还给了老人。我松了一口气，心想：“真是个好人！”谁知过了一会儿这几个人钻进了他的车里，我恍然大悟：原来他们是一伙的！

这不是拍电影吧？好奇心来了，我跑过去敲敲车窗。

他降下车窗，我呆呆傻傻地问道：“你们是黑社会吗？”

他面无表情地看了我好一会儿，然后咧嘴笑了。他从车里走出来，从我手里抢过手机，按下一个电话号码，说：“这是我的号码，以后有啥事儿给我打电话，有哥在，可以罩着你。”

车子绝尘而去，留下一头雾水的我。难道这真的是在拍电影？

我转回凉皮摊，大爷给我做了两份凉皮，里面多放了好多黄瓜和花生米，硬是不收我钱。

我手里拎着凉皮，心里喜滋滋的，还是善人有善报嘛。

再一次路过凉皮摊，大爷喊住我，说：“姑娘，你知道吗？这条美食街的摊主都不用交保护费了。那几个小哥还跟我们说，如果有人闹事，可以找他们。”

二

那会儿有个男生一直给我发短信，说喜欢我，欣赏我，说我“像冬天的飘雪，温柔似棉花糖”，还说：“你是垂柳，我是湖泊，你的身影倒映在我的心上”……

他只发短信，没有确切的表白，更没有送花啦、帮我打水啦、给我写作业啦等实际行动。

一开始我无动于衷，可那时毕竟年轻嘛，禁不住这些糖衣炮弹的狂轰滥炸，我心里小甜蜜泛滥啦，开始买毛线给他织围巾。一片痴心加赤诚，傻呵呵地以为这样可以感动天感动地。

等我笨手笨脚地织好围巾送到他班里时，我看见他在教室里跟一个女生坐一起，他拿着一个苹果，眉开眼笑地吃着，然后再喂那女生一口，那女生一脸的幸福。

我扭头就走，出教室看见拐角的垃圾桶，顺手把围巾扔了进去。心疼我那白花花的时间啊，怎么可以浪费在这等人渣身上。

后来才知道，那男生一直就有正牌女友。这是典型的搞暧昧好吗！

在寝室里，我越想越气，突然想起那天“运动装”留给我的电话，我便打了过去。

他说：“告诉我地点，我一会儿过去找你。”

二十分钟后他果真来了。他笑着跟我打招呼，笑起来的样子眉清目秀。

室友问我：“哪儿来的帅哥？你男朋友吗？”

我慌忙摇了摇头，我才不跟黑社会交朋友呢。

我跟他说了事情的经过和自己的委屈，心里愤愤不平。

他听后把烟扔掉，说：“我还以为多大的事儿呢，就这点儿小芝麻小谷子，你也好意思把我喊来？”

我想想也是，芝麻大的事儿，何必。

我摆摆手，跟他说：“没事啦，你走吧！”

他说：“一起走，请你吃饭。”

我问：“你是不是喜欢我？”

他上上下下打量了我一番，一张大手盖在我脸上，说：“一张脸还没我巴掌大，小时候被门挤过吧？”又指了指我的皮肤，“你们学校天天军训吗？”最后又指了指我的胸，“平坦得跟太平公主一样。请问你哪里值得我喜欢？”

我涨红了脸，小声反驳道：“我胸小怎么的了吧？我随我爸还不行吗？”

他乐得哈哈大笑，拉着我去了学校周边的餐厅。

吃饭时，他说：“丫头，我叫方彦，26岁，以后你得喊我哥。”

无所谓，喊哥就喊哥吧，反正你比我大。

第二天中午吃完饭，我刚从餐厅出来，就看见那梦想脚踏两只船的男生站在餐厅正门口，大声冲我喊道：“夏雪，我错了！我不该给你发暧昧短信，对不起！请原谅！”

进出餐厅的同学们络绎不绝，好多都停下来围观，像观看小电影般。看到他可怜巴巴的样子，多好的风景，我理都没理，直接走了。现在想想，当时真是酷毙了。

三

慢慢地，我跟方彦混熟了。周末我常去他们那儿混吃混喝。这些兄弟虽然看起来凶巴巴的样子，但人都很仗义、很豪爽。

方彦跟我说："混吃混喝没问题，你得做饭。"

吃人嘴软。就这样，我成了他们的主厨。

他们给我菜单，我就去厨房捣鼓。不会做怎么办？有度娘嘛。再说本姑娘冰雪聪明，无师自通。

有一次方彦点了菠萝肉丁炒饭。这次他没有让我自由发挥，而是亲自指点江山：先洗好玉米粒，再把菠萝、瘦肉、红萝卜切成丁，加油放料，最后放米饭。他有条不紊地在旁边指挥我，眼神里满是凝重。

出锅了，我把饭盛在碗里，给他品尝。我眨巴着眼睛，等待他的夸奖。谁知，他吃着吃着大哭起来。

我吓坏了，说："哥，怎么了，是不是不好吃？太咸了吗？

太淡了吗？太甜了吗？”

他擦了擦眼泪，说：“好吃好吃，跟我妹妹做的是一个口味。”

我问：“你有妹妹？”

坐我旁边的哥们儿拽了一下我的衣角，示意我别说话。

等方彦睡着了，那哥们儿才小声告诉我：“方彦有个妹妹，如果现在还活着的话，跟你差不多的年龄。那年，方彦带着妹妹在路上骑摩托，一辆车横冲直撞过来，他们倒在血泊里。妹妹当场死亡，方彦万幸没怎么伤着……”

那哥们儿继续说：“他妹妹的照片我见过的，长得像极了《东京爱情故事》里的莉香。”

我扭头看见方彦躺在沙发上睡着的样子，像个孩子。我明白，他心底的痛楚就像大海，不管表面多么风平浪静，心底终究是暗涛汹涌。

四

暑假里，我找到一份工作，在一家比萨屋打工，端盘子洗盘子。

比萨屋里的服务员和厨师欺负新人。有一天老板娘不在，他们在厨房里悠闲了一上午，却指挥我干这干那，我忙得像陀螺一样团团转。

中午是休息时间。累了一上午，我伏在椅子上休息。老板娘来后，他们开始在厨房里刷锅刷碗，老板娘一看他们干活干得热火朝天，我却在椅子上休息，怒了，把我训了半个多小时。我站在一旁，不知如何辩解，哭得稀里哗啦。老板娘说：“做错事儿还觉着自己委屈了？”

这事儿过去没多久，下班时我发现我放在厨房里的钱包不见了，里面有我的身份证、银行卡和仅有的三百块钱。当时厨房里只有厨师、我和另一名服务员。

我焦急万分，跟老板娘说：“我的钱包不见了，是在厨房里丢的。”

老板娘鄙夷地看了我一眼，说：“我们店开了三年了，从来没少过东西，你是在撒谎吧。”

下班后我跑到海边哭了一场，想把所有的委屈都发泄出来。哭完后发觉肚子好饿，所有的注意力一瞬间转移到了肚子上，其他事情似乎变得没那么重要了。对一名资深吃货来说，无论如何都不能委屈了自己的肚子。

同学们都回家了，身无分文的我只好打电话给方彦，贱兮兮地说：“哥，你饿不饿？想不想请我吃顿饭？”

他在电话那端笑：“说吧，想吃什么？”

我们跑到路边摊吃烧烤喝扎啤。

看着满桌子的烤串，我对方彦说：“哥，你真好！”

方彦放下扎啤杯子，说：“嗯，你胸小，多吃饭补补。”

我跟他碰了碰酒杯，郑重又悲壮地说：“哥，你放心，我一定会多吃多喝，努力发育！”

第一次走上社会，就栽了这么一个大跟头，摔得重重的，好滑稽。我边剥花生边叹气：“这个世界到底是怎么了？”

他笑笑，轻声说：“没事儿，有哥在！”

刚烤熟的鸡翅真好吃，又香又烫，烫得我眼泪哗哗直流，眼前是烤炉里冒出来的白烟，一片模糊。

第二天，我匆匆赶去比萨屋上班。老板娘看到我，一改往日的画风，笑眯眯地说：“夏雪，真不好意思，我错怪你了，钱包在厨房角落里找到了。”

然后她走到收银台前拿出一个信封，满脸堆笑：“这是工资，店铺得关门重新装修一下，所以你不用再来上班了。”

我去后厨收拾我的东西，发现厨师和服务员都鼻青脸肿的。

我懵懵懂懂地拿着钱包和信封出门，看见方彦的车停在路边，他站在车旁笑着跟我打招呼。

那笑容，浅浅的，淡淡的。棱角分明的脸上，分明有一丝邪气，更多的却是帅气。

我走过去，说：“哥，我失业了，怎么办？”

他拍拍我的头，说：“没事儿，有哥在，我帮你找工作！”

五

有一次周末，我去方彦家，一进门，就看见一个漂亮的女孩子，长发淡妆，大眼睛大胸，美得不可方物。

我脑瓜子反应了一会儿，清脆地喊道：“大嫂好！”

然后我挽起袖子，跑到厨房，准备大干一场。

漂亮的大嫂走进厨房，跟我说：“你去外面待着吧，我来做饭。”

我跑到客厅，加入兄弟们打牌的队伍。方彦是皇帝，我是保子，似乎心有默契，我们把众人忽悠得云里雾里，最后赢得一塌糊涂。我跟方彦击掌，乐得前仰后合。

漂亮的大嫂又跑出来，对我说：“你去做饭吧，我替你打牌。”

我又跑进厨房，淘大米，切土豆丝，拍大蒜，忙得不亦乐乎。青岛的夏天又潮又热，厨房小，我额头上很快就有了汗水。

方彦走过来，拿起毛巾，帮我擦汗，说："出去休息吧，我来。"

吃完饭，大嫂约我去海边走走。已是退潮，我和她并肩踩在沙滩上。

她停下脚步，盯着我看了好一会儿，问："夏雪，你知道方彦有个妹妹吗？"

我点点头。

她说："我叫方雨，跟方彦是发小，长大后又同在一所大学里读书。他的妹妹出事后，他从大学里辍学，离家出走。几年了，杳无音信。这几天他才跟我们联系上。过几天，我们可能要离开这座城市了，回到原来生活的地方。"

她又说："其实我应该谢谢你。是你，让他又找回了自己。"

我不明所以。我从来没有为方彦做过什么，一直以来都是他在帮我。

在那个尴尬的年龄，他帮我摆平一切，让我免受了很多伤害。这段旅程中，自己之所以不落单，不孤单，是因为他用他的方式给了我温暖，给了我年少气盛的尊严。

远方，海天一色，夕阳如画。

六

方彦最终回到了他原来生活的城市。

临走时，他来到学校看我，拎了两个袋子，我接过来，一个袋子里装满了水果，梨子、桃子、葡萄……另一个袋子里装的是感冒药、消炎药，还有急支糖浆之类的，让我备用。

我忍住眼泪，问他："哥，为什么里面没有丰胸药？"

这次他没有跟我开玩笑，只是笑笑，拍拍我的头说："丫头，我得回家了。"

我万般不舍，眼泪簌簌流下。

他说："乖，傻丫头，保持联系，有什么事儿一定要跟哥说。有哥在，什么都不是事儿。"

我狠狠地点了点头，目送他离开校园。泪眼模糊中，他高大的背影慢慢变小，直到消失。

后来，方彦和方雨结婚了。我凝视着他们的婚纱照，一个俊朗潇洒，一个明丽动人。我怔怔着，一个人失落了许久。

过了几年，我毕业了。曾经懵懂无知的女孩已经长大，已知冷暖懂悲欢。很多事情在我眼中已经变得通透，我在这个世界里游刃有余，自己亦可以很好地保护自己。

有一天，我去银行开公司账户，银行里负责给我开户的女孩抬头看我，说："你长得好像一个明星。"

我饶有兴趣地问："是吗？像谁？"

她思索了一会儿，说："你看过《东京爱情故事》吗？你像里面的女主角莉香……"

她的话仿佛打开了另一个时空，我鼻子发酸，尘封的记忆涌出来，我听见方彦轻声跟我说："没事儿，有哥在。"

他离开了，却没有走远，在我心底，永远近在咫尺。

在人生旅途中，有些人不是恋人，不是情人，也不是过往的路人，他们是亲人，毫无索取地给了我们一份深邃旷远的爱。这种爱，像小时候刚蒸出来的大馒头的面香味，又像烟囱里飘出来的袅袅炊烟，久久存放在记忆深处，不经意间回想起来，便会感觉一阵温暖，一片温柔。

隔着千山万水问候一句：哥，你还好吗？

阳光下像个孩子，风雨里像个大人

一

乔安，29岁，性格像个孩子。

她长得眉清目秀，一袭长裙，一个回眸，就把“美丽”这两个字的含义诠释得淋漓尽致。

任何人看到她的第一眼，都会说：“这么文静，肯定是个淑女。”大错特错！乔安是我认识的女孩子中最外向的一个。

她不喜欢刺绣、画画等“静态活动”，因为坐不住。她热衷于滑雪、溜冰，动不动就组织我们玩真人CS。

乔安撒娇卖萌，爱耍小孩子脾气，有一次因为一件小事儿，跟老公林林闹矛盾，林林道歉，没用；好说歹说，没用；软磨硬泡，也没用。最后，林林气急了：“你能不能懂点儿事儿？别整天跟个小孩子一样！”

因为这句话，乔安跑回娘家待了整整两周。估摸她气消得差不多的时候，林林去接她回家，临走时，丈母娘对他说：“唉，乔安这孩子任性，跟个小孩儿一样，委屈你了。”

乔安嗔怪道：“妈，你别胳膊肘往外拐啊。”

林林听后哭笑不得。

我们也一直把乔安当成一个孩子，直到有一天。

那次，林林连续发烧好几天，去医院检查，医生说，可能是淋巴癌，需要住院观察。

林林听到这个消息时，如五雷轰顶，不知所措。乔安却冷静地安慰林林，说：“老公，没事儿，会好起来的。咱们先不要告诉爸妈，等确诊了再说。”说完她就去办理住院手续了。

林林后来说，看到她瘦小的背影穿过医院走廊时，他哭了。他一直以来是把乔安当成个孩子的，包容她的任性、她的撒娇、她的恶作剧。可听完医生的话，她不哭也不闹，还反过来安慰林林，让林林在绝望中感觉到了一线希望。

听到林林住院的消息，我很担心，赶紧给乔安打电话问具体情况。乔安说：“我现在在家，过来聊吧。”我放下手里的工作，风风火火地赶到乔安家。

乔安开门，看她精神还好，我心里的石头总算落地。她身上系着围裙，在饭桌旁笨拙地包着水饺。

我洗洗手，帮她包饺子。我问："乔安，你害怕吗？"

乔安说："怕，当然怕。但是不管怎样，我得挺住。这个时候，我不能让林林为我担心。万一确诊是淋巴癌，我就把房子卖了，好好给他治病。"

我说："乔安，感觉你一下子长大了。"

她笑笑不言语。

水饺出锅了，她仔细地把水饺放在保温饭盒里。我开车带着她去医院。

走进病房，她微笑着跟护士打招呼，聊今天的天气，聊路上又堵车，跟邻床的阿姨聊股票，病房里一片欢声笑语。林林打着点滴，乔安喂他吃水饺，一副幸福的样子。

检查结果出来了，所幸的是，林林只是高烧引起的淋巴结肿大，并非淋巴癌。

那天，我们一起接林林出院。我开车，朋友坐副驾驶，乔安跟老公坐后排。

可能紧绷的神经突然放松下来，乔安突然大哭起来，对林林说："你以后得注意身体，要好好的，要不然我还得给你做饭，累死了。你知道吗，我最讨厌油盐酱醋了……"

我听后鼻子酸酸的，眼泪在眼框里打转。

林林轻声安慰着乔安："好啦好啦，知道啦。"

乔安哭得梨花带雨，带着哭腔对林林说："老公，为了庆祝你出院，我打算下周去香港出差时，买支口红送你作为礼物。"

林林连忙摆手，说："不用，不用，我一个大老爷们，要口红干吗？"

乔安说："口红我来用，每天作为礼物送你一点点……"

我听后眼泪流出来了，我是笑哭的。

二

中学时代，动画片《灌篮高手》一直陪伴着我，百看不厌。如今依然热爱，只是再看这部动画时，心境和视角已不同于往昔。

最爱的角色还是樱木花道。

樱木大大咧咧，嚣张易怒，目无尊长。他喜欢天马行空地想象，比如，把鱼住想象成一名厨师，想把仙道的手捏成一个粽子。他打架斗殴，初中时就可以一次放倒4名高中生。他还无厘头地送大猩猩美女清凉照……他就像一个叛逆的孩子，不，他就是一个叛逆的孩子。

在山王一战中，因对手过于强大，樱木所在的湘北队打得极为艰难，队员们都濒临绝望。这时，樱木花道上场了。他的这次上场，意义非凡。

四个月前，樱木花道对篮球一窍不通，他把篮球当木工，把木工当篮球。“你们说的篮球常识对我来说没有用，因为我只是个门外汉。”

而在此刻，场下队员把全部希望都寄托在这个初生牛犊不怕虎的门外汉身上。没错，精神寄托的对象不是支柱大猩猩，也不是超级王牌流川枫，而是门外汉樱木花道。

樱木抱着必胜的信心，拿自己的名誉做赌注，不给自己留丝毫退路。他像个大人一样，以强大的气场成为湘北的精神支柱。他以出其不意的身手改变了气氛，扭转了比赛局面，最终战胜了山王队。

三

乔安和樱木花道让我想起了一句话：阳光下像个孩子，风雨里像个大人。

这也是我喜欢的一种人生状态。

阳光下像个孩子，用童真的心境去感受这个世界的美好，听细雨落地的声音，听钢琴发出的音符；看花蕾轻轻绽放，看月光笼罩大地。像个孩子一样，可以肆无忌惮地奔跑。在最爱的人面前，可任性可撒娇可欢笑可哭闹，活出最真实的自我。

而在风雨里，需要像个大人一样，收敛起你的孩子气，拿出你的责任和担当，为你爱的人遮风挡雨，努力给予他们更多的幸福和快乐。

毕竟，人生漫长，有时阳光明媚，有时风雨交加。

我会念你的好

一

电影《北京遇上西雅图之不二情书》中有一个片段，是焦姣跟邓先生一起去拉斯维加斯跨年，邓先生提起焦姣的往事，碰触了她的心弦。她以为遇到了真爱，邓先生却把他们之间的关系当成一种交易。知道真相后的焦姣对邓先生的信任和依赖土崩瓦解。她拿着邓先生给的钱，去赌场赌了一把，然后把钱还给了邓先生，并按照最新的汇率给了利息。

焦姣的举动让邓先生刮目相看。邓先生想挽留，焦姣起身，临走时说了一句话："我会念你的好。"

言外之意：过去就是过去了，所有的过

错我都既往不咎，但我会念你的好。

看到这里，我在电影院里走神了。我想起了我的好朋友华清。

华清是我的闺密，也是“损友”，每次见面我们俩都会相互吐槽。我说：“你看你，又胖成了一脸横肉。”她以闪电般的速度回击我：“你瘦得脸都快跟脖子一样细了。”

这就是我的损友，可是，在我难受的时候，她会在第一时间冲到我面前；有困难时，她会第一时间给我帮助。我们两个人都大大咧咧的，想说什么就说什么，一起待着也舒服。

有一次，我们聊天时，谈到她以前的男友。

我说：“渣男。”因为他男友在跟她没分手时就偷偷出轨了。

她淡淡地说：“也不能这样否定他，跟我在一起时，他待我很好。我曾经重新审视过这段关系，发现我犯了很多错，有事儿没事儿就对他大发雷霆，他劈腿，我也有责任。”

我说：“现在你过得这么好，估计他悔得肠子都青了。”华清后来遇到了现在的老公，结婚、生子，日子过得红红火火。

华清说：“我现在过得好与坏，跟他无关。我过得好不是过给他看的。只是过去的就是过去了，提起他我已心无波澜。我不记恨他，但我会记住他的好。”

平时嘻嘻哈哈的她，突然这么认真地讲话，我有些不太适应。可是细想，真是这样。

网上有段子说“我愿用前男友的性命换我一生的荣华富贵”。这句话是个黑色幽默。幽默归幽默，从这句话中也可以看出大多数人对前任的不满与怨恨。

只是，当一切成为过去式，再去埋怨与憎恨已无任何意义，而且负面情绪就像杂草，会在心底疯长，如果内心被这些情绪所占据，对自己而言，是一种折磨与煎熬。

所以，要念别人的好，不为别人，是为自己，是为了让自己的内心不被杂草占据，取而代之的是朵朵盛开的鲜花。

二

那年，我爸爸在建筑工地上从5楼摔下来，断了6根肋骨，所幸生命无大碍。

那时，妹妹还小，我跟妈妈轮流去医院陪爸爸。

那天，妈妈在医院陪护爸爸，我跟妹妹在家。深夜的时候，院子里的狗一直叫个不停。我向窗外望去，外面黑乎乎的一片，门口有动静，犬吠声在深夜显得格外恐怖。

妹妹吓得紧紧搂住我，我安慰着她，自己手心却在出汗。我们两个人紧紧相依，不敢打开门瞧瞧到底发生了什么。

第二天天亮，我开门，发现门口的砖头被人偷走了。砖头是爸爸买来准备铺院子小路的，当时值个几百元钱吧。

门口的砖头是堆放在沙堆上的。妹妹细心，顺着断断续续的沙粒，找到了邻居家。原来是邻居王姨偷的，她知道爸爸住院，只有孩子在家，断定晚上我们不敢出门，所以才可以这样明目张胆。

我气得直流眼泪，不求他们雪中送炭，但也不能在伤口上撒盐啊。

妈妈回家后，我告诉了妈妈，说："妈，要不要我去她家问个清楚？"

妈妈听后笑笑，说："算了，不去计较了。"

妈妈不是一个软弱的人，这次的举动却让我很不解，这明明是欺负到我们家头上来了啊。

似乎看透了我的心事儿，妈妈说："你王姨平时对我们家挺不错的。"

我点点头，确实，王姨跟我妈妈关系不错，经常来我家帮我妈妈烙饼、蒸馒头。两家也是礼尚往来，我们送她地里种的萝卜，她送我们几棵新鲜白菜……

妈妈说：“你王姨现在家里也很困难，拿我们家的砖头，她这不是欺负咱们，可能是没有办法的办法了吧。”

王姨家确实挺困难，最近家里大事儿小事儿不断，可我心里总有些不情愿，不愿意就这样轻易原谅她。

这事儿就这么过去了。妈妈跟王姨见面依旧问好打招呼，跟往日没什么区别。

倒是王姨，可能心中有愧吧，不管家里种了什么，像玉米啦、绿豆啦，总是大把大把地往我们家里送，妈妈怎么推辞都不行。

妈妈说，有些事儿不必非要闹个鱼死网破，伤了和气，不如吃点儿亏，多记挂别人的好。人啊，心如明镜，自己会判断黑白是非的。就像你王姨，做错了事情，她自己会想办法去弥补，不要把人想得太坏。

妈妈的话，我一直记在心里。

三

爸爸在医院待了半个多月。那时，爸爸弄了个养鸡场，赔了不少钱，欠了别人不少钱。

当时我刚大学毕业，妹妹刚刚读初中。爸爸是家里的顶梁柱，顶梁柱一倒，很多人害怕了，要债的纷至沓来。

有一天送走了几个人，我在门口哭了，心里好难受，爸爸受伤对我来说已经是沉重的一击，他们这时候来要钱，更让我心急如焚，心中有种深深的无力感。

那天妈妈又去了医院看望爸爸，我一个人在家。有人敲门，我以为又是过来讨债的，开门后看到是村东的王太，我喊她奶奶。她头发花白，站在门口，一脸担心。

她对我说："孩子，我听说你爸爸摔伤了，我就过来问问。你跟你妈妈说，不要难过，伤可以慢慢养，人没事儿就好。"说罢就颤巍巍地走了。

短短几句话，朴实、温暖，像一道光，驱散周围的黑暗。

我家住在村西，就为了跟我说这几句话，她特意迈着小脚，一个人从村东走到了村西。我目送她走远，泪流满面。

那天，我想了很多。

他们之所以上门要债，其实就是图个心安，我向他们保证还钱时，他们并没有为难我。站在他们的立场上去想想，其实，他们家里也不富裕，我家欠的钱对他们的生活还是有影响的。不管怎样，我都得谢谢人家，毕竟，在我家困难的时候，他们肯借给我们钱花啊。

我又想起了妈妈的话，要多记挂别人的好。

四

人生路上，有风有雨，也有阳光；有山重水复，也有柳暗花明。

希望你透过风雨，看到太阳；透过山重水复，看到柳暗花明。奋斗的路上，我们少一些埋怨，多一份理解；少一些苛刻，多一份宽容。

每个人都是一棵小树，别人有意或无意的伤害就像肥料，督促我们疯狂成长。我希望，我们在奋斗的路上少一些戾气和偏激。

我之所以成长，是因为我喜欢阳光和雨露，喜欢看着高远的风景自由生长，而不是在肥料的刺激下生长得太快，从而失去了生长的乐趣和平和淡然的心境。

对于伤害我的人，我念你的好，不是为了感谢你，而是为了我自己。

毕竟，我们不能因为别人的伤害而丢失了自己。

世界如果失去了我，无所谓。

可是，如果连我都丢失了我，活着还有什么意义？

人生若只如初见

我拎着大包小包从超市里走出来。天不冷，有阳光，我坐在商场外面的椅子上休息。旁边咖啡店里响起了周杰伦的《东风破》：

你走之后酒暖回忆思念瘦

水向东流时间怎么偷

花开就一次成熟我却错过

……

一

“你听，周杰伦唱歌时，就像嘴里含着核桃，不过很随性，声音很舒服呢。”

那是高一下午最后一节课，同学们大多离开教室了。黎树跑到我的旁边，把一个耳机塞到我的耳朵里，响起的正是周杰伦的《东风破》。

那天，黎树趴在桌子上闭着眼睛，俊朗的脸上洒满了夕阳的余晖，真是一个好看的男生！

我从小在乡下泥土中打滚翻爬长大，从小学到初中我都是在镇上读书的。中考后，我第一次来到了城里，读高中。

初来乍到，各种不习惯。

比如，我们村镇上都是平房，这里却高楼满地。

高中第一节体育课，从教学楼里出来时，我完全忘记了脚下的台阶，习惯性平步跑下来，结果，脚扭伤了。

红豆蹲在我旁边，看我满脸痛苦的样子，急得团团转。

红豆是我高一的同桌，也是我来到这座城市后认识的第一个朋友。她是城市女孩，有精致的书包、漂亮的本子、好看的衣服。更重要的是，她很开朗很温和，从来没有在土里土气的我面前表现出城市女孩的优越感。

红豆想背起我，但是怎么也用不上力气。“让开，我来！”是黎树的声音。

黎树长得高高大大，轻而易举地就把我背起来了。趴在他的背上，我听见自己心中的小鹿在跳跃。

到医务室时，我的脚腕已经变得红肿。

“怎么这么不小心？”他皱着眉头责怪我。

“怎么，心疼我啊？”我忍住疼痛嬉皮笑脸地说。黎树脸微红，说：“不是心疼，是觉着你笨！”

学校是寄宿制，周六周日是开放日，市区里的孩子都回家过周末。因为脚还没有康复，我自己留在学校里。冷冷清清的，一个人不免落寞。我在宿舍里望着窗外出神，忽然听见有人在楼下喊我的名字。我探头望去，看见黎树站在宿舍前的枫树下向我招手，旁边是一辆单车。

我心情明亮，嘴角慢慢上扬。

“走吧，骑车带你吹吹风！”

那是个晚秋，风很大，虽然逆着风，但黎树骑单车的速度很快，在车流中自由穿梭。听见汽车鸣笛，我紧张害怕，胳膊紧紧搂着他。

黎树大声说：“你知道吗？逆着风跑，当跑的速度越来越快时，可以时光倒流呢！”

我坐在后座上哈哈大笑。

那天天很蓝，风很大，云却很淡。记忆就那样定格，美得不成样子。

二

回忆像播放幻灯片。高中三年，播放次数最多的就是我、黎树，还有红豆。我们三个人一起讨论数学题，一起背英语单词，一起去餐厅吃饭。

读高中时，家里很拮据，我每月的生活费都成问题。每次去餐厅，我都点一份米饭、一份炒土豆丝，因为土豆丝是最便宜的炒菜了。

看我每次都吃土豆丝，黎树跟红豆都会笑我："对土豆这么情有独钟啊。"

我笑笑不答。城里衣食无忧长大的孩子，永远不会理解贫困带来的影响。而我不一样，我得精打细算，保证一个月的每一天都有饭可吃而不至于挨饿。这种痛，他们不会懂。所以也无须多言。

在高三的一堂英语课上，老师在讲台上眉飞色舞，红豆碰碰我的胳膊小声问我："跟你商量个事儿，行不？"

我点头。红豆说："我想攒钱，等高考完后买个雅马哈的吉他。可是，我总是控制不住花钱，每个月都会透支。我把零花钱放你银行卡里，你来帮我监管，可以吗？"

我其实很乐意帮忙，因为自己已经囊空如洗了。我可以先用红豆的零花钱当生活费，以后再还她钱。

临近高考的那几个月，我得以安心地学习。

我们三人约好，一起报考上海的学校。

为什么去上海？去看东方明珠，看老城隍庙。

年少时的想法就是这么微小且奇怪。但这个细微的信念一直支撑着我们三人埋头苦读。

可是填报志愿时，我却背着他们，选了北方一座有山有海的城市。

上海物价太高，家里实在负担不起。之所以不跟红豆与黎树商量，是因为我不想打破这份共同的美好憧憬。

于是，高考后，我去了北方一座有山有海的城市，黎树和红豆去了上海。

三

黎树曾责怪我："为什么填写志愿时不报上海？"

我维护着自己小小的自尊，说："我喜欢有山有水的城市啊。"

自此，我跟黎树开始了漫长的异地恋。

我俩每天都要打电话、发短信。黎树也会跑到青岛来看我。

那天我们来到海边，坐在沙滩上，我指了指远方，对黎树说："看见了吗？那块海里的石头，叫石老人。"

黎树说："确实像个老人的孤独身影呢。"

黎树细长的眼睛看着我，说："丫头，你知道吗？上海那座城市是好，但没有你，它的好就失去了意义。

"我一个人去看东方明珠，去游老城隍庙。自己一个人时不孤单，但想你时孤单却袭来。"

他有些遗憾："当初要是我跟你一起来青岛该多好，可以陪在你的身边，可以天天来看海。"

那一刻，我是多么后悔一个人跑来青岛啊。

我们坐在海边，吹海风、踏浪花、看日落，一起畅想未来。

我曾经信心满满地对黎树说："等毕业后，我们就可以永远在一起了。"

四

那会儿流行校内网。黎树自然是我校内网上特别关注的人。

有一次，我在他的空间里看到一个女孩的浏览痕迹，点进女孩的空间，看到了一张合影。那漂亮女孩站在黎树旁边，眼波流转，明媚动人，不得不承认，两人站在一起是多么般配啊。相比之下，其他人都黯然失色。

我看到照片后心里酸酸的，很心痛，一上午我都在胡思乱想，过得浑浑噩噩……

下课后，我匆忙打电话给红豆，问她："那女孩是谁？"

红豆在那边犹犹豫豫，不肯回答。我明白了，猜到了，心沉沦了。我感觉身体被抽空，眼泪夺眶而出，似乎之前积累起来的所有的信任都被透支掉了。

黎树在电话里焦急地说："这都是误会，是她一厢情愿，我跟她真没什么！不信你问问红豆。"

想起红豆的欲言又止，我沉默了。

最终我们和好了，但没有和好如初。

之前我一直固执地认为这份感情坚如磐石，韧如蒲草，那一刻却感受到了它的脆弱。

我开始在那段感情中患得患失，他也在其中如履薄冰。

大三时，黎树带我见了他的父母。走进他的家，我有些恍然，大大的房子，装修豪华，窗明几净。

他的妈妈见到我，笑得像一朵花。她热情地拉着我的手坐到餐桌前，边给我夹菜边说：“来，多吃点儿，不要客气。”

黎树看着我们，满足地笑。

黎树去楼下倒垃圾时，他妈妈收起笑容，冷冷地对我说：“黎树是很喜欢你，但是你们不合适！”

我有些不知所措。她继续说道：“你们现在还小，很多事情不懂。婚姻，其实要讲究门当户对的。”

像被人打了一耳光，我感到火辣辣的疼。我倔强地说：“阿姨，我跟黎树在一起，不是想高攀，不过您放心，我会离开黎树的。”

那顿饭吃得极其艰难。在黎树面前我装作若无其事，心里却泛起波澜。

回学校后，我逐渐减少了跟黎树的联系。黎树隐隐不安，追问：“到底为什么？”

我竭尽全力让自己的声音听起来很冷静：“黎树，我们俩不合适，分手吧。我孤单难过时需要一个肩膀，而不是一个触不到的恋人。”说罢把电话关机，泪如雨下。

我又在QQ上联系红豆，让她替我照顾好黎树。

分手后的那段日子，生不如死，我花了很长时间才让自己振作来。

五

毕业两年后，我有了男朋友。他跟黎树一样高高大大，笑起来也有阳光的味道。只不过，靠在他的肩膀上，我有种踏实感与归属感——跟黎树在一起时，我的心情总是跌宕起伏，患得患失。

红豆来青岛出差，约我一起吃饭。

我见到红豆时，心里不由得想起了黎树，平静的心里起了一丝涟漪。

“他怎样？”我小心翼翼地问红豆。

红豆说：“有半年的时间一蹶不振，现在过得很好。”

我不再追问，跟红豆笑道：“还记得高三那会儿你把准备买吉他的零花钱放在我这儿吗？我一直没还你呢。”

红豆沉默了一会儿，说：“那零花钱不是我的，是黎树让我给你的。他担心你不接受，就编了个攒钱买吉他的谎言，还嘱咐我，一定要替他保守秘密。”

我鼻子一酸。

红豆眼睛盯着手里的杯子，又说：“有些事情，我得跟你坦白一下，否则，我一辈子都会心存愧疚。那次，那个女孩子跟黎树合影的事，确实是场误会。我在电话里犹豫着不想澄清误会，是因为我也喜欢黎树。对不起。”

我扬了扬手上的戒指，说：“都过去了。你看，我现在很幸福，都快结婚了。

“傻瓜，我跟黎树分手，不是你的原因，不要再内疚了。我已经失去了黎树，不能再失去你。

“还有，你喜欢他，就告诉他，勇敢一些！”

红豆擦擦眼泪，起身，拥抱了我。

我结婚时邀请了红豆。那天热闹非凡。我跟老公站在门口迎接客人时，看到了站在红豆身后的黎树。他的细长眉眼一如从前，岁月却给他增添了些许成熟。

我惊讶，脸上的微笑在一瞬间凝固。黎树温和地笑道：“丫头，我来只是想看看穿婚纱时最美丽的你。”

老公过去跟黎树握了握手，再站到我的身边。

我眼角潮湿，恍惚间，我看到了那个骑着单车在城市里纵横穿越的少年。那天，天很蓝，云很淡，风很大。我坐在单车后面笑靥如花。

红豆拉着我来到洗手间，说：“新娘子别哭别哭，妆花了就不美了。黎树听我说起你的婚礼，他坚持一定要过来看看你并祝福你。”

从洗手间里出来，我看见黎树跟我老公，两个男人站在一起微笑着不知道在交谈什么。许久之后，我问老公那天他跟黎树之间的谈话。老公眨巴眨巴眼睛，笑道：“男人跟男人之间的对话，你不用知道。”

敬酒时，我和老公走到黎树面前。黎树站起来，拿起酒杯，一饮而尽。

六

日子如流水悄然流逝。午睡时我接到红豆的电话。

红豆在电话那边说：“我和黎树要结婚了，你一定要来参加哦。”

“好！准时参加。”我说。

我高中时两个最好的朋友在一起了。我百感交集，有些怅然，又有些欢喜，最后都化为了祝福。

每天清晨，我都会围着小区跑步。

我一直习惯逆着风跑。

清晨很安静，万物还没有苏醒。我听见脚踩到石头时发出的自然声响，我听见风从耳边吹过。

曾经一个少年告诉我，逆着风跑，当跑的速度越来越快时，时光就会倒流。

于是我加快步伐，当时光倒流时，就可以回去找到第一次遇见的你。

人生若只如初见。

WO GAN

RANG ZIJI

HUODE BU YI YANG

Part 4：

遇见更好的自己

/ 活得不一样，

/ 是敢于为喜欢的生活而活，

/ 为更好的自己而活

你好，

可以请你

喝一杯

咖啡吗

我是一名咖啡店老板。

咖啡店位于街角。

店里有灯光，也有阳光；有音乐，也有画面；有温暖，也有惆怅；有岁月，也有故事。

每个进来喝咖啡的人，都是一段故事。

一、酒窝小姐

咖啡店靠窗的位置，是属于一个女孩的。

她笑起来，会露出两个甜甜的酒窝。所以，我叫她酒窝小姐。

这个位置的蓝格子布艺沙发是我精心淘来的，非常舒适，一坐上去，整个人就可以放松下来。

酒窝小姐从来都是素颜。喜欢穿黑白灰色调oversize的衣服，她高高瘦瘦的，所以穿起来有种懒懒散散又清清爽爽的舒适感，如同冬日里在温暖的小屋窗前沐浴着阳光。

她第一次出现在店里，是在一个春日的午后，跟男朋友一起。两个人就坐这个沙发上，轻声细语，谈天说地。

有一次去佳世客买原料，我碰到了酒窝小姐的男朋友，只是，挽着他胳膊的，不是酒窝小姐。

他看见我时似乎有些慌乱。我装作不认识，从货架上拿起黄油和奶酪，放进购物筐。

第二天午后，酒窝小姐还是跟男朋友一起走进咖啡店，两个人依旧谈天说地，酒窝小姐脸上依旧洋溢着幸福。

我实在不忍心打破这份甜蜜。

又过了好多天，当我给他们递上两杯卡布奇诺时，听见酒窝小姐问男朋友："你们一起多长时间了？"

声音平静，却有一丝颤抖。

放下咖啡后，我走出店，点燃一支烟，内心在自责：我是不是该早些告诉酒窝小姐呢？

透过玻璃，我看见她泪眼朦胧。

抬头，我看见春雨从屋檐上滴落，碰到水泥地时溅起一片片的水花，淅淅沥沥。

之后好多天，她都没有来店里。

酒窝小姐再次出现，是在一个阳光灿烂的午后。她还是坐在靠窗的位置上，两个酒窝点缀在她清秀的脸庞上。

她有时在阳光下眯眼，看书；有时，把身子靠在沙发上，看窗外，发呆；更多的时候，是敲击着笔记本键盘，微笑、专注，键盘声音就像一个音乐家在奏乐，似乎有朵朵鲜花在屏幕上慢慢绽放。

她散发出来的气质，就像店里的实木桌椅，独立又无棱角，跟整个咖啡店毫无违和感。

几个月后，她给了我一本书，笑笑说："刚出版的，我的第一本书，赚了一笔稿费，挺开心。欢迎阅读，给出建议。"

我微笑收下，对咖啡师阿灿说，帮我准备准备原料，我想做份提拉米苏给她，庆祝她的第一本书出版。

闲暇时读到她的文字，轻松又不失深刻，细腻又不失趣味，不禁有些佩服这个看起来柔弱却坚强的女孩。

是哦。

她认真感知世界，认真对待自己。

失恋时，痛苦时，一个人时也不会徘徊不前，而是充实丰富自己，让自己变得日益丰盈，直到自己的内心升起一个小小的太阳，给过去一个潇洒的告别，也给了自己一个硕果累累的惊喜。

二、温暖先生

夫妻之间都有夫妻相。但是，我从来没有见过这么有夫妻相的。

他们是一对中年夫妻。

他中高个儿，粗壮，脸上虽写满沧桑，但总是挂着微笑，温暖如玉，叫他“温暖先生”再合适不过。

他的妻子微胖，皮肤白净，喜欢戴一顶帽子，无论是在室外还是室内。她讲话很温柔，从来都是和和气气的。

他喜欢喝蓝山。妻子经常点的则是各种鲜榨果汁。

每次他们都会坐到离书架最近的位置，有时看书，有时说话，更多时候是温暖先生在讲话，妻子在聆听。我想，温暖先生肯定是极富幽默感的，因为我经常发现，他的妻子笑得眼睛眯成了一条线。

阿灿一边磨咖啡豆，一边羡慕地说：“好幸福的一对夫妻哦。”然后问我，“咱们什么时候可以告别单身狗的生活呢？”

知了在街旁的树上叫得不知疲倦。我双手一摊："谁知道呢？"

有一次，温暖先生没有带妻子，手里拿着购物袋子，一个人来到店里，看得出，他刚从超市里出来。

那天，他坐在书架旁待了很久。

离开时，他跟阿灿说："帮我打包一杯鲜榨西瓜汁。"

之后，他每次都是如此——提着购物袋子走进店里，在书架旁静静坐一会儿，走时再打包果汁。

阿灿感叹说，他对妻子真好。一个人来店里，也不忘记给妻子捎带她喜爱的果汁。

夏末的青岛，天气很是闷热。海风咸咸的，像汗水的味道。

上午9点，咖啡店刚刚开始营业，我搬出桌椅，开始在小黑板上写写画画。

温暖先生把车停在门口，说："我得去趟杭州。有几个快递，麻烦你帮我签收一下。"

我打趣道："自驾游啊，太太不去吗？"

他的眼神黯淡下来，递给我一支烟。我们坐在门口的椅子上聊了起来。

他说，太太三个月前已经走了。淋巴癌，化疗了好长时间。我心微微一颤，想起他妻子经常戴帽子，还有略显苍白的面容。

“可是，有些事情一旦成了习惯，很难改变。”他继续说道。

“每天早上，我会继续做两份早餐。吃饭时，我会想起她拿起纸巾帮我擦嘴角，然后对我说：‘你看看你，都这么大人了。’”

“我出门时，还是会说：‘老婆，我去上班了，在家好好吃饭。’”

“每天傍晚，我还是会到海边散步。以前在海边，她最喜欢脱掉鞋子，拉着我的手，边踩浪花边哼唱刘若英的歌。”

“自从她走后，我几乎夜夜失眠。”

“我一遍又一遍重复听着她走时微信里的语音留言。”

“她说：‘老公，家里没有盐了，记得带包盐回来。还有，记得从咖啡店帮我打包一杯西瓜汁哦，爱你！’”

“昨晚，她在梦里对我说：‘老公，该向前走了。我希望你好好的。’”

“醒来时，我号啕大哭。那时，我才真正意识到她已经离开了。”

"我想，该继续前行了，因为她肯定不喜欢我现在的样子。"

生前，她告诉他很想去杭州看看西湖。

这次自驾游，他就是要替她完成这个夙愿。

我目送着他开车走远，泪眼模糊。

三、眼影姑娘

咖啡店里养了一只小黑猫。很多客人都喜欢它，尤其是眼影姑娘，每次来，她都会亲自给猫咪喂一片饼干。

眼影姑娘打扮很时髦，脸上总是化着精致的妆。她的眼睛很大很漂亮，因为涂了眼影，显得更加生动有灵气。所以，我们就称她为眼影姑娘。

这里似乎是眼影姑娘的固定相亲地点。

坐她对面的，有时候是开路虎的大叔，有时候是开宝马X5的小伙子。

似乎眼影姑娘的每段恋情都不是那么顺利。每次她伤心、难过、哭泣的时候，总有一个男人在安慰她。

他有宽宽的肩膀、干净的笑容。我注意到，他每次都是步行来的。

眼影姑娘抱怨的时候，他会静静地聆听；

眼影姑娘哭泣的时候，他会递上纸巾；

眼影姑娘露出笑容时，他会跑到吧台问阿灿要一杯加柠檬的温水；

眼影姑娘离开的时候，他会起身给她披上大衣。

备胎？蓝颜？

其实我内心是偏向这个男人的，并隐隐感觉眼影姑娘对他有些不公。我真想跟她说："姑娘，遇见这么好的男人，就嫁了吧！"

有一次，眼影姑娘独自一人在咖啡店抱着猫咪沉思。

我看见她接了一个电话，电话那边似乎絮絮叨叨说了很多。

眼影姑娘有些激动，她声音提高了好多，对着电话说："妈妈，能不能不要再按照你的标准来要求我？我知道爸爸没有赚到钱，你很苦，爸爸出轨，你很难过。可是妈妈，你不是我，我也不是你，我想要我自己的幸福，我想过我想过的日子，我已经长大了！"

店里客人的视线都落在她身上。

小黑猫也被眼影姑娘的声音惊吓到了，嗖一下，从眼影姑娘的怀里跳到地板上，在半空中划出一道美丽的弧线。

听完她这番话，我想，我看待事情还是偏激了一些。

那之后，每次眼影姑娘来，我都会多给她几片饼干，让她逗逗小猫咪。因为我发现，跟猫咪一起玩耍时，她的笑容很真切。

嗯，她跟有着宽阔肩膀、笑起来很干净的男人在一起喝咖啡时，笑容也一样真切。

蔡康永说："一心追逐梦想的人，最后如果真的得到一场梦，却会很失落。"

我想，如果梦想不能得到，梦里失落一场又能怎样！

最重要的是，在寻求梦想的过程中，我们找到了自我。

秋天的雨后，咖啡店的小院里飘满了落叶，远处的崂山看起来格外清晰。我想起宋词里所写：断虹霁雨，净秋空，山染修眉新绿。

阿灿站在吧台跟我说："现在八大关那边估计又有不少拍婚纱照的新人啦！"

那天，眼影姑娘跟那个有宽阔肩膀的男人一起来到咖啡店里，我注意到，他们的无名指上戴着一模一样的戒指。

四、情人节到了

情人节到了。

已经入春，天空中却飘起了雪花，似片片美好的祝福。

我买的各式各样的咖啡杯到货了，摆放在吧台上面，漂亮得简直不像话。

这里的装饰不陈旧也不张扬；

这里的音乐不激情也不哀婉；

这里的猫咪不调皮也不怯生；

这里的客人不喧哗也不匆忙；

咖啡香气在弥漫。

酒窝小姐一如既往地坐在靠窗的位置敲打文字。午后的阳光懒懒地照进来。

岁月仿佛静止，时间安静得像一幅美丽的画。

我拿着精心包装的礼品盒子，走到那个阳光满满的角落，对酒窝小姐说："你好，可以请你喝一杯咖啡吗？"

为了你，

/

我要变成

/

更好的

/

自己

一

我不喜欢喝酒，但钟爱Grasshopper（绿色蚱蜢）这款鸡尾酒。

为了调好这款鸡尾酒，我练习过无数次。

先把绿色薄荷酒倒入调酒壶内，再依次加入白色可可酒、鲜奶、冰块，最后摇荡调酒壶。

“摇荡时要稍微用点儿力。”耳边仿佛响起乔宇温和且带有磁性的声音，他向调酒师喊道。

“为什么要用力摇荡？”我好奇。

乔宇淡淡一笑：“这样可以让冰块释放出更多的水，酒精感就会减弱一些。”

这时，吧台墙壁上的挂钟响了三声，已是下午三点整。

没想到工作了这么长时间！我是上午来到这家酒吧的。

我从小喜爱色彩，喜欢画画，专业是服装设计。那会儿我读大三，学姐帮我找到一个兼职，说一家酒吧在装修，需要手绘壁画，问我要不要去。于是我就来了。

“您对墙绘有什么要求？”我征求老板的意见。

老板是个五十多岁的男人，和蔼可亲。他说：“根据酒吧的装修风格，你自己发挥就好。”

我点点头，开始作画。画画时，恰巧上午的阳光映到墙上来，我灵感突发，眯着眼睛在墙上勾稿、上色、修修改改，完全沉浸在绘画的国度，忘记了时间，忘记了地点，忘记了周围的一切。

完工后，我把瓶瓶罐罐的颜料、画笔、勾线笔等放入背包。身后有个男孩的声音响起：“请你喝杯鸡尾酒，可以吗？”

我边收拾背包边摇头，说：“我不喜欢酒精的味道呢。”

“那我请你喝没有酒精味道的酒，怎样？”

我回头一看，他穿着运动T恤、休闲裤，单眼皮，微笑着靠在吧台上，清清爽爽。

我有些紧张，赶紧站直：“好的！一定要不带酒精味道的。”

当鸡尾酒端上来时，我被它浓浓的薄荷绿吸引住了，特别可人，像严冬里突然跃入眼帘的一棵调皮小草。

我拿起酒杯，尝了尝，确实没有酒精味道。薄荷味道、奶香味道、巧克力味道糅合在一起，沁人心脾。

“喜欢喝的话，我教你怎样调制。”乔宇说，“调制鸡尾酒也是一门艺术呢。”

就这样，我跟乔宇相识了。

二

篮球比赛一结束，我赶紧把矿泉水递给陶子。

陶子是我大学时的好哥们儿。虽然我一直挖苦他的长相，打击他的智商，但内心还是不得不承认他是很优秀的。别人给他贴的标签：长得帅，篮球打得好，学霸。

每次打完篮球比赛，递给他矿泉水的时候，我都能感觉到周围女生的目光锋利如剑，齐刷刷向我射来。我不以为然，心想：姐妹们，你们可真错怪我了，我跟陶子只是铁哥们儿。

有一次，我跟陶子并肩走在校园里，我突发奇想，问陶子：“为什么我会成为你的好哥们儿？”

陶子瞥了我一眼，想也没想，笑道："因为你胸小、心大、无烦恼！"说完冲我吐吐舌头，撒腿就跑。

我哭笑不得，追上他拳打脚踢一番，直到他连连告饶我才罢休。

陶子感叹道："陈小果，就你这样子，以后谁敢娶你当老婆啊？"

经过体育馆时，我瞥了一眼自己映在玻璃上的样子：半长不短的头发，破洞牛仔裤，背着一个帆布包包，素面朝天，怎么看都不中意自己。

好半天，我才对陶子说了一句："其实，我也挺担心自己嫁不出去的。"

陶子听完哈哈大笑，说："你其实不用太担心。"我感激地看了他一眼，陶子继续说，"你肯定嫁不出去，所以担心也没用。"

我冷冷一笑，挥起手里的帆布包包，陶子再次逃跑，我继续追赶。

陶子顶着满头大汗，咕咚咕咚喝完矿泉水，然后问我："中午一起吃饭？"

"午饭来不及吃，我跟别人约好了，得去学习调制鸡尾酒。”

“你不是不喜欢喝酒吗？”陶子莫名其妙。

“嗯，是不喜欢喝酒。对鸡尾酒没兴趣，不过对鸡尾酒的颜色感兴趣。”说罢我跟他摆摆手，跑去坐公交了。

我还没来得及跟陶子说，我对乔宇也感兴趣。

三

我匆匆忙忙赶到酒吧。乔宇站在吧台看到我，高兴地向我招招手。

“饿了吧？我请你吃饭。”他帮我点了一个比萨，我和他边吃边聊。

“你在这儿工作吗？”我问他。

乔宇说：“不是，我现在读大四，课不多，有些时间，酒吧刚开业，所以我就过来帮帮忙。”原来他是我的学长。

吃完饭，乔宇手把手教我调鸡尾酒。

他先教我调制Grasshopper，我认真做着笔记，很快，像变戏法般，那一抹薄荷绿又出现了。

接着，他教我制作了一杯“玛格丽特”，杯口沾着一圈盐，再放一片小巧的柠檬片，奶白色酒点缀着一抹绿，十分灵动。乔宇冲我调皮地眨了眨眼睛，说：“当盐加柠檬遇上龙舌兰，味道很唯美，就像一种缘分——在对的时间遇到对的人。”

这个比喻有点儿意思，我笑了。我想，我跟乔宇算不算在对的时间遇见对的人？

调酒师帮乔宇选酒，拿器皿，忙得不亦乐乎。

我对调酒师说：“你们真是不错的朋友呢，配合得真默契。”调酒师笑笑，算是作答。

然后，乔宇又调制出一杯鸡尾酒，我端起来看了看，问他：“这不是冰红茶吗？”

“它的名字叫‘长岛冰茶’，模样和口味都跟冰红茶差不多，可它不是冰茶，是种烈酒。”乔宇一脸关切，顿了顿又说，“记住，它由五种酒调制而成，入口很淡，后劲很足。这种鸡尾酒不要点！”

这时，一个甜甜的声音从门口传来：“宇哥哥，到处都找不到你，打电话你也不接，原来在这里啊。”

我向门口看去，一个女孩子款款走过来，长得跟声音一样甜美，可爱的BOBO头，脸上略施粉黛，飘逸的连衣裙。我低头看了看自己穿的破洞牛仔裤和脚上的懒人鞋，心里有些不安和失落。

乔宇抬了抬头，然后继续调制鸡尾酒，说："手机调静音放包里啦。"

然后乔宇指着我对她说："叶园，这是陈小果，我朋友。"

我冲叶园笑笑。她上下打量了我一番，脸上毫无表情，然后对乔宇说："宇哥哥，晚上一起吃饭吧，好想吃'小本家'啊。"

乔宇扭头问我："晚上一起吃饭怎么样？"

叶园站在乔宇旁边向我微笑，我知道，那个微笑并不友好。

我刚要推辞，陶子的电话打过来，我接起，他在那边大声嚷嚷："哥儿们，几点回来？晚上一起吃饭哈。"

我还没来得及跟陶子讲话，乔宇又对我说："这样吧，把你哥儿们也叫过来，咱们四个人一起吃饭。"

吃点地点是在辛家庄一个叫"小本家"的韩国料理店里。我跟陶子坐一侧，乔宇跟叶园坐在另一侧，我们四人面对面。

开始上菜了。气氛有些尴尬，为了活跃气氛，我指了指小碟子里的土豆泥说："这个土豆泥跟沙拉酱调在一起真好吃啊，多少钱一份？"

叶园意味深长地笑笑，对我说："陈小果，你是第一次来韩国料理店吃饭吧？这是免费送的，不要钱！”语气里夹杂着尖酸与刻薄。

乔宇对叶园说：“园子，不要无理取闹，她是我朋友。”然后对我笑笑说，“对不起啊，她是我邻家小妹，还小，不太懂事儿。”

叶园佯装不懂，委屈地说：“宇哥哥，我没有无理取闹，这本来就是免费的啊。”

陶子夹了一大筷子豆芽放在嘴里，边吃边对乔宇说：“乔宇，你邻家小妹不懂事儿，不怨你，所以你不用向我哥们儿道歉，应该由邻家小妹道歉。”说罢看了看叶园。我拉了拉陶子的衣角，示意他不要再讲话。

叶园脸一红，有些生气了，问陶子：“我说的是事实，为什么要向她道歉啊？”

陶子不理她，喊来服务员说：“麻烦再来一份土豆泥，我哥儿们喜欢吃。”

气氛更尴尬了。

那顿饭，四个人都吃得索然无味。

吃完饭回学校的路上，陶子问我：“陈小果，你喜欢乔宇吗？”

“嗯，喜欢。”我回答。

“那乔宇喜欢你吗？”

“我感觉，他也喜欢我。”

陶子沉默半天，然后冲我咧咧嘴笑道：“想不到狗尾巴草也有春天！”原来他思考半天，是在想词儿挖苦我。

我对陶子开玩笑说：“谁说我是狗尾巴草啊？说不定我是一棵绛珠草呢，亭亭玉立卓尔不群。”

陶子说：“其实你真的有些像绛珠草。”他表情认真，若有所思。

“真的？”我试探地问。

“假的！”他拍了拍我的头，大步向前走去。

四

顺其自然，我跟乔宇在一起了。

我们去海边看过潮起潮落和云卷云舒，去八大关捡过五颜六色的叶子，也爬过高高的崂山。

交往了很长时间，我才知道，乔宇家在我们城市有一个很大的外贸服装公司，酒吧也是是乔宇的爸爸开的，而这只是他们家投资链中的一颗寻常棋子。

有一次，我跟乔宇去海边捡贝壳。他走在前面，我跟在后面，望着他踩在沙滩上的脚印，突然心情沉重。

乔宇经常带我去西餐厅吃饭。而我，得辛辛苦苦打工一天才能赚到一个12寸的比萨。

乔宇开车带我出去玩儿，那是我第一次坐汽车，坐在副驾驶座上，怎么也系不上安全带。

乔宇在健身房有自己的私人教练，我却只能围着操场跑步健身。

毕业后，乔宇的家人可能会让他出国读研，而我只能在人山人海的招聘现场投递简历。

我猛然发现我们的消费观、价值观、人生观都存在很大的差异。那一刻，我想，如果乔宇跟我一样出生于普通家庭，该有多好！

我跑到乔宇前面，问他："为什么会喜欢我？"

他伸出胳膊抱住我，说："傻瓜，喜欢就是喜欢，哪有什么为什么。"乔宇像看透我一般，接着说，"叶园跟我一起长大，我只当她是我的妹妹。"

趴在他的怀抱里，我听见波涛拍岸的声音，心情也在起起伏伏。

现在想想，当初自己是多么不自信啊！

自己是灰姑娘一个，吊儿郎当，不好好打扮，不好好学习，总是在这份爱情中患得患失，这似乎不是我想象中的爱情的样子。

午餐时间，我给陶子说起跟乔宇在一起时那种患得患失的感觉。陶子放下手里的筷子，对我说：“陈小果，如果你失恋了，我会追你的。”

“别拿我开心了。”我以为他在开玩笑，埋头继续吃饭。

陶子说：“我说真的。”

我抬头看了看陶子的目光，里面满满的真诚。哎呀，这小子说的还真是真的！

我想了想，喜欢就是喜欢，不喜欢就是不喜欢，坚决拒绝暧昧。我跟他挑明，说：“陶子，我对你没有心动的感觉，即使我跟乔宇分开，也不会跟你在一起。我才不要你做备胎，不新不旧地挂那儿，好悲哀！”

陶子苦笑：“陈小果，你这么直接，像个女人吗？就不能婉拒一下吗？”

我拿起筷子使劲敲了一下他的头。

陶子也拿起筷子，我赶紧抱住头，结果他用筷子蘸了蘸面包上的蓝莓果酱，在饭桌上画了一个圆圈。

“你的意思是要给我们的兄弟之情画个句号吗？”我盯着那个圆圈，百思不得其解。

陶子说：“陈小果，我画个圈圈诅咒你。”

五

有一次，我跟乔宇走在校园里，碰到了陶子。

陶子对我说：“陈小果，好久不见。你重色轻友，谈起恋爱就把哥儿们忘记了。”

接着他又对乔宇说：“叶园也说你重色轻友，有了女友把她忽略了。”

“你跟叶园有联系？”我问。

陶子点点头，笑着说：“那次吃饭后，叶园不知从哪里弄到我的手机号，特意打电话骂我来着。小女孩就是任性了些，其实挺善良挺可爱的。”

乔宇也笑了，他提议：“那今晚咱们四人再一起吃顿饭吧。”

我们四人第二次吃饭是在学校旁边的烧烤摊。

这次气氛比上次好了很多。叶园跟陶子不再横眉冷对，陶子幽默的话也时不时逗得叶园大笑。

我点菜回来时，不小心把邻桌的一大杯扎啤碰倒了。“对不起。”我慌忙道歉，“我再给你们要一大扎新的扎啤。”

他们桌有五个人，不是学生，像社会上的小混混，都喝得有些高了。其中一个人拉住我的手说：“姑娘，酒洒了没关系，过来陪我们喝几杯！”

我吓坏了，使劲挣脱他的手，他不松手，桌子上的其他人跟着嬉笑。我看到乔宇拿着板凳砸向他。那人松开我的手，跟乔宇扭打起来，接着陶子过来帮乔宇，那桌其余的四个人也加入了战斗。

叶园吓哭了。我拉他们，怎么也拉不住。我颤抖地拿起手机拨打了110，警车赶到时，乔宇已经倒在了血泊中。

陶子说：“快，叫救护车。”

我哭不出声，拉着乔宇的手，心里一遍又一遍祈祷，眼前一片天昏地暗。

陶子的伤无大碍，简单包扎了一下。扭打时乔宇的头碰到了地上的扎啤玻璃碎片，正在监护室观察。

我的眼泪一直在流，心里一遍一遍自责和悔恨。

陶子拍拍我的肩膀。叶园过来说：“陈小果，不要太自责，宇哥哥肯定会没事儿的。”

等医生出来告诉我们乔宇已脱离危险时，我才长舒一口气。病房里，我紧紧握住乔宇的手，乔宇虚弱地睁开眼，轻轻问我：“陈小果，你没事儿吧？”

我的眼泪又不由自主地流下来：“乔宇，对不起。都怪我，都怪我！”

乔宇微笑：“傻瓜，不怨你，别哭了。我现在要是能坐起来抱抱你就好了。”

医院走廊里，乔宇爸爸喊住我说：“小果，我想送乔宇去留学几年，留学回来好接手家里的外贸公司。可是他不想去，我问不出原因。现在想想，可能是因为你。我希望你能劝劝他。”

我点点头。

我在医院里尽心尽力照顾乔宇。乔宇康复后就开始准备出国资料。在我刚踏入大学四年级时，他坐上了去美国的飞机。

自此，我们一人在东半球，一人在西半球。

六

大四时，我不再吊儿郎当，认真研读服装设计，用心准备毕业论文。我不断做家教、打工、攒钱，等到毕业后，我租了个小办公室，成立了自己的设计工作室。

我开始一家一家地跑服装工厂，给他们看我设计的图纸，看过冷眼，受过嘲讽，也曾被人拒之门外。

终于，我接到了第一个单子。我通宵修改图纸，任何细节都不放过。我连续一周跟工人们住在一个简陋宿舍里，指导他们打板剪裁缝制。等作品完成时，我从他们经理眼中读到了赞赏和鼓励。

为了庆祝公司的第一个订单，我请陶子跟叶园一起吃饭。对了，大四时，他们就在一起了，现在已经开始谈婚论嫁了。

两个人站在一起，一个娇小美丽，一个高大帅气，是我见过的最完美组合。陶子越发成熟稳重，而叶园也在不知不觉间由一个任性的小女生蜕变成可以与我互诉心事的知心女友。

原来，真正的爱情可以让彼此遇见更美好的自我。

叶园对我说："缘分真是种奇妙的东西，如果你不认识乔宇，我就不会认识你，如果我不认识你，就不会认识陶子哥哥。”

“这么说，我算是你们的红娘喽。”我开心一笑。

陶子说：“哥儿们，我们俩得敬你一杯，表示感谢。”说罢和叶园一起举起了酒杯。

我喝下，浓浓的酒精刺激得胃好难受。我想起那个午后，有个像薄荷一样清爽的男孩问我：“那我请你喝没有酒精味道的酒，怎样？”

时间一天天过去，设计订单陆续多了起来，我招聘了两个员工，带领他们踏踏实实地工作。一年半后，我的工作室竟然有了些许名气。

我自己按揭买了房子，买了车子。我留起了长发，发尾有轻微的梨花烫。我穿高跟鞋，穿自己设计的长裙子，见客户，谈合作，忙得不亦乐乎。

我会收到暧昧短信，也会有人打电话表示关怀。我回复他们：谢谢，我有男朋友，他在美国，还有一年就回来了。

大四那年，在机场送别乔宇那天，我对乔宇说：“你知道吗？我们之间的差距太大，我曾经想过放弃。现在我下定决心了，我要变得更加美丽更加优秀，慢慢去追赶你。”

乔宇亲吻了一下我的额头，他说：“小果，无论怎样，我都爱你。”

我知道，我都知道。只是，为了你，我要变成更好的自己。

不不，我要变成更好的自己，是为了我，因为，我也爱你。

七

又是一年冬天，乔宇在微信上告诉我：学校快要放假了。这个假期我要回国一趟，等我回来。

我等待，每天的时间似乎格外漫长。

午饭时间，叶园打电话给我，约我去“小本家”吃饭。

我进了饭店，四处寻找，找不到叶园。在角落里，我看到了一个熟悉的身影。

他站起来，向我微笑，带着淡淡的薄荷味。

我定在那里，迈不开步子。

乔宇，真的是你吗？

乔宇看我的眼光充满了惊喜，又慢慢由惊喜转为温柔。

他大步走过来，紧紧拥抱住了我。

料理店里很多人都在看我们，我脸红，推开他，对他说：“那款Grasshopper鸡尾酒，我已经练习得炉火纯青了。”

乔宇微笑着说："今晚在我们酒吧有聚会，叶园，陶子，还有其他朋友都会过来。我要亲手给你调制一杯Pink Lady（红粉佳人）。"

顿了顿，他又问我："你知道Pink Lady 这款鸡尾酒的来历吗？"

在这个世界上，什么东西不过期？

一

一天晚上，接近凌晨一点钟时，我想吃一碗过桥米线。

吃过过桥米线的朋友都知道，店家墙面上都会有一段关于过桥米线的传说，文字加上绘画，绘声绘色。

传说云南蒙自县有一个叫南湖的地方，风景秀美，人杰地灵。

有位杨姓秀才经常去湖心亭读书，十分勤勉。他的妻子蕙质兰心，每天都要给他送饭。有一天，看见丈夫“为书消得人憔悴”，妻子心疼不已。于是，她用砂锅炖了鸡汤给丈夫送去滋补身体，嘱咐丈夫一定要趁热食用，说罢便回家忙活儿去了。

待她从家中再返回湖心亭收拾碗筷时，发现丈夫读书到了废寝忘食的地步，砂锅里的食物原封未动。妻子嗔怪，想把砂锅带回去温热，手碰到砂锅时，却发觉仍有余热。原来，汤表面由于覆盖了一层鸡油，再加上陶土器皿有保温的特性，热量竟能迟迟不散。

秀外慧中的妻子发现新大陆般，尝试用这种方法保温，而后不断创新，把米线、蔬菜、肉片、豆子等五谷杂粮放在鸡汤中，带给书生享用。书生夸赞色味俱佳，回味无穷。

在妻子的鼓励下，书生更加奋发图强，后来参加考试，一举中了状元。妻子每日送饭的事迹成为美谈，而这种烹制方法得到了广泛传播。

有人请教这道菜的名称，妻子思忖片刻，答曰："就叫过桥米线吧。"

因为，从她家到湖心亭，需要经过一座小桥。

这传说温暖有趣感人。每每坐在店里，我都会浏览一番。

它赋予了过桥米线一种特别的意义，让我明白，过桥米线不仅仅是一碗米线。

二

第一次吃过桥米线是四年前，在大拇指广场三楼。

那会儿，我们正在攒房子首付，经济窘迫，为了省钱，我和他租住在靠近大拇指广场的一个小阁楼里。

阁楼设计得很精巧，被房东巧妙地隔成复式，通过木质小楼梯可以自由上下。更神奇的是，我们拥有一个空中院子，院子里可以晒被子，可以养花种菜，可以喝啤酒吃烧烤。

住在阁楼里虽然冬冷夏热，但是乐趣无穷。

我们经常在院子里吹风，晒太阳。院子里视野极好，可以看到远方的建筑、奔流不息的车流、落日的余晖和来来往往的行人。

日子过得虽然清苦，但却丰富多彩。

近水楼台，下班后没事儿我们就去大拇指广场溜达玩耍。

那天是过桥米线开张第一天，束着高高马尾的小姑娘在门口热情喊着："欢迎光临！"

"去尝一尝？"我问他。

"尝尝就尝尝！"

排队，进店，我们都点了番茄味的米线。

等了片刻，小姑娘端来米线，微笑着，清脆娴熟地告诉我们："往砂锅里先放肉类，然后放鹌鹑蛋，最后放蔬菜。"再贴心嘱咐一句，"小心砂锅烫。"

把肉块、鸡柳放进砂锅，然后再用筷子轻轻拨动，砂锅里嗤嗤作响。我跟他打趣道："美食，真是一种瞬息毁灭的艺术。"他笑笑，不可置否。

闻起来香气浓郁，吃起来味道鲜美。自从吃了第一碗过桥米线后，我对它的喜爱便一发而不可收拾。

不仅美味，而且价廉啊。相对于商场里动辄几百元一顿的大餐，过桥米线对我们来说是首选。嗯，攒钱，买房！

俩人一起过日子难免磕磕碰碰。有一次吃完晚饭，因为一件小事，我们俩吵架了。我从阁楼里跑出来，心情低落到极点。

沿着小路，我慢慢走到了大拇指广场，心里失落委屈，还有对他的各种不满：不会哄人，不懂浪漫，不会嘘寒问暖。

走路时，步子迈得格外沉重。快走进超市时，手一下子被人拉住了，我惊了一下，抬头一看，原来是他。

他有些生气，说："笨蛋，我一直跟在你身后，你竟然没发觉，万一是坏人跟踪你怎么办？"

我余气未消，不想理他。

他拉着我的手不放，声音温柔了一些，说：“走路也累了，去吃米线吧。”不由分说，拉着我上了三楼。

还是点了番茄味的。当热气腾腾的砂锅端上来时，他习惯性地把韭菜放到自己的碗里，再把他的鸡柳放到我的碗里。看到他这细微的动作，我眼睛一下子湿润了。

我从小不敢吃韭菜，而爱吃鸡柳。

两个人在一起久了，会形成一种习惯、一种默契，就像左手跟右手。其实本无须多言，所谓的浪漫也是多此一举。

后来，我们结婚了，也有了属于自己的家，经济上也宽松了一些，可以偶尔去外面吃大餐，但那些山珍海味，却抵不过一碗过桥米线带给我的满足。

三

这家过桥米线配有熟豆子，可以把豆子放在砂锅里和米线一起吃，也可以单独享用。我都是吃完米线再拿豆子当零食吃的，不放入砂锅里，不浸入汤中，口感才脆，味道才香。

这是童年的味道。

记忆里，二月二，姥姥在灶前给我炒豆子。她一边往灶里放柴火，一边拉风箱，还要时不时起身翻炒着锅里的小豆子。我就在旁边垂涎欲滴。豆子熟后，姥姥抓起一把，帮我吹凉，然后递给我，温暖地笑："来，吃完再问姥姥要！"

姥姥高高的个儿，爱干净，穿着斜襟棉袄，一尘不染，花白头发梳得一丝不苟，布满皱纹的鸭蛋脸一直带着微笑。

姥姥家院子里养着好多鸡鸭，我最喜欢帮她去鸡窝里取鸡蛋，捧着热乎乎的鸡蛋递给她，她眉开眼笑，夸我："菲菲长大了，可以帮姥姥干活啦。"我听了心里甜蜜蜜的，然后再让自己更像个大孩子一样，拿着簸箕，去外面草垛里取草。

姥姥家没有钟表。每天早上听见公鸡打鸣，她就起床、烧火、做饭。我喜欢吃葱油面，她不厌其烦顿顿给我做。和面，剁葱花，擀面杖在面团上翻来滚去像变魔术一样，一会儿热腾腾的油饼就出锅了。

我小时候顽皮捣蛋爱哭闹，很不招人待见。有一次我拔了邻居地里的胡萝卜，邻居大妈愤愤地找上门来。我自知做错了事情，躲进里屋不敢出来。

我听见姥姥跟那人说："她只是个孩子，不懂事，你不要大声嚷嚷，别吓着她。"后来姥姥赔了她一些钱才了事。但是姥姥自始至终没有埋怨过我半句。她脸上带着一如既往的温暖笑容，抚摸着我的头说：“想吃胡萝卜，跟姥姥说，姥姥给你买，但是不要拔别人地里的。”

我的童年大部分时光是孤独的。姥姥像一片绿洲，给了我最温暖的关爱。她爱我，也教会我怎样去爱一个人。

姥姥经常头疼。那年我6岁，读一年级。爸爸妈妈给我的零花钱，我都攒了起来。

那会儿我穿着一件绿色的毛衣，毛衣前面有一个口袋，我把所有的零花钱都放在口袋里。因为有5分、一角的硬币，担心跑跳时会掉出来，我便自己拿着针线，笨拙地把口袋口缝得很小。

等攒到十几块钱时，我给姥姥，说：“姥姥，去买头疼药吧。”我天真地以为，等姥姥买药吃了，头就不会疼了。

那一刻姥姥笑得很开心，满脸的皱纹像岁月的年轮。

中考前夕，姥姥病了，查出来时已是肝癌晚期。我只能看着她被病痛折磨着，却不能减轻她的痛苦。记得那天下雨，我望着窗外，双手紧握，心里空洞、失落、想哭，却无泪。那种心情，难以言说。长大后，我才知道，那叫无力感。

很多年后。

有一天清晨，我在小区里跑步，看见前面一位老人在快走。那高高的身影，花白的头发，像极了姥姥。我不由自主加快脚步追上去，等追上老人后，才意识到姥姥已经离去十几年了。失望，想念，刹那间我泪如雨下。我以为我已淡忘，殊不知，那份感情一直藏在心底，越来越深沉，就像橡木桶里的红酒，越来越醇浓。

十几年过去了，我好想让你看看我长大后的样子。

当年留着短发的假小子，如今已长发飘飘。

当年不听话不懂事的孩子，如今已经知冷暖懂悲欢。

可是，爱是不会失去的。我知道，你无论到了哪个时空，都会爱我。

如果转换了时空身份和姓名，但愿我能认得你的眼睛。

四

重温王家卫的电影《重庆森林》时，听到这么一段台词：

“不知道从什么时候开始，在什么东西上面都有个日期，秋刀鱼会过期，肉罐头会过期，连保鲜纸都会过期，我开始怀疑，在这个世界上，还有什么东西是不会过期的？”

不会过期的东西有好多。

比如，我吃过的过桥米线，它的味道不会过期，似记忆，历久弥新。

还有，爱不会过期，无论这份爱是在前世、今生，还是来世。

南有乔木，不可休思

当柚子姑娘拿起刀子切向盘子里的布朗尼时，我们才注意到她无名指上的戒指。小巧的金色边框上，镶着一块墨绿色的宝石，似乎聚集了全部的春意盎然。

“是要结婚了吗？”我们好奇又惊喜地问道。

“嗯。”柚子姑娘皎洁一笑，“才发现啊？下个月结婚，你们都得给本姑娘准备好红包！”

看着柚子姑娘一俏脸的明媚笑容，我想，果然，不经历风雨，怎能见彩虹！

一、他说：我爱你，心里有你，经常会想你

001

灌木先生是柚子姑娘的前男友。

那天柚子姑娘请我们几个闺密吃烧烤。我们都到齐了，她才领着灌木先生姗姗来迟。坐下时，柚子姑娘冲我们眨巴了几下眼睛，我们恍然大悟，原来这妞是喊我们来当鉴定师的。

我们对灌木先生的第一印象，是细心贴心温暖：

柚子姑娘不喜欢吃辣，点餐后他跑到烤炉那儿嘱咐老板一定要少放辣椒；

柚子姑娘啃鸡翅时手上沾上油，他第一时间给柚子姑娘奉上纸巾；

柚子姑娘要喝矿泉水，他先是问想喝常温的还是冰镇的，然后再打开瓶盖送到她嘴边；

等吃完饭柚子姑娘去付款时，老板说："小伙子已经结了账啦！"

第一印象确实重要。两个人的身高、长相、能力等各方面也算得上匹配。姐妹们打趣柚子姑娘说："遇到这样的暖男，你就从了吧！"

柚子姑娘从小跟着姥姥一起长大。她的爸爸妈妈一直忙于打拼事业，对柚子姑娘的关心微乎其微。所以，当细心温暖的灌木先生出现时，柚子姑娘那颗缺乏关爱的心，被融化了。

后来，俩人顺理成章地走在了一起。

002

恋爱后的柚子姑娘从一个高冷范儿的美女逐渐变成一个乖巧听话的媳妇：

她本不喜欢做饭，却每天变着花样给灌木先生烧菜炖鱼；

她之前素颜，现在却化着淡妆，只因灌木先生说过，化妆的女孩子更显知性；

她喜欢穿牛仔裤、T恤，现在却长裙飘飘——灌木先生说他喜欢淑女。

“变化如此之大，简直沧海变桑田啊！”我们打趣柚子姑娘。柚子姑娘粉面含嗔：“你们懂什么？这叫‘因为爱情’。”

而跟柚子姑娘在一起后，灌木先生的表现却不尽如人意。

有一次周末，柚子姑娘跟灌木先生约好晚上一起出去吃饭。他说：“下午有场篮球比赛，比赛完后我们就出发。”

下午5点左右，柚子姑娘发微信给他：篮球比赛什么时间结束？微信无回应。

下午6点左右，柚子姑娘打电话给他，想问他什么时间出门方便。电话未接听。

天黑了。好几个电话都没有打通，柚子姑娘有些坐立不安：

不会出什么事儿了吧?

晚上8点左右，灌木先生终于接电话了。

“你没什么事儿吧？”柚子姑娘声音里满是焦急与担心。

“没事儿啊，刚打完篮球，在跟朋友们一起吃饭呢。”灌木先生莫名其妙。

柚子姑娘沉默几秒钟，问：“不是约好今晚我们一起吃饭吗？”

灌木先生猛然反应过来：“啊，我忘记了！”

柚子姑娘有些难过，她在惴惴不安中度过，而他却跟朋友们玩得不亦乐乎。事后灌木先生赔礼又道歉。毕竟人非圣贤孰能无过，她想。可是，这件事却在她心里留下了阴影。

一波未平，一波又起。

柚子姑娘做了阑尾手术，在家卧床休养。

有一天晚上，她特别想吃一家面包房的切片面包。有多想吃呢？“求之不得，寤寐思服；悠哉悠哉，辗转反侧。”

那家面包房在灌木先生公司附近。柚子姑娘叮嘱灌木先生：下班后一定不要忘记给她捎带一包切片面包。

傍晚，灌木先生回家了。柚子姑娘抢过他手里的面包纸袋，打开一看，里面躺着一个法式棍棒面包。

柚子姑娘有些失望，笑笑，说：“买错了，这不是切片面包。”灌木先生没有丝毫歉意，说：“切开不就是切片面包了？”

她真想把棍棒面包敲到他的头上。为了梦寐的食物，她忍住气，说：“明天再帮我带吧，不要再买错了哦。”

柚子姑娘又想了一夜的切片面包。

熬到第二天傍晚灌木先生回家，她欢笑着满怀期待地打开面包袋子时，笑容在脸上凝固了：里面赫然躺着一个千层面包!

一个千层面包在她心里激起了千层浪：怎么老买错呢?

越得不到的东西越是珍贵。第三天，为了吃到切片面包，柚子姑娘忍住伤口的疼痛，跟灌木先生一起去了面包房。柚子姑娘从陈列架上拿起两包切片面包放到盘子里，跟他说：“你看看，这才是切片面包呢。”灌木先生捏起一片面包放到嘴里，不好意思地笑了笑，说：“真好吃！”

过了几天，柚子姑娘又想吃切片面包，于是发微信让灌木先生带回家。这次肯定不会买错了吧，柚子姑娘信心满满。

结果，灌木先生带回来的还是法式棍棒面包。只不过，这次他让面包房把棍棒面包切成片了，面包碎屑稀稀落落掉了半纸袋子。

当柚子姑娘眉飞色舞地跟我们说起切片面包的故事时，我们笑得前仰后合。

柚子姑娘说："当时，我真笑不出来，心情就像那半纸袋子的面包碎屑，很失落。"

"也许他一心一意地扑在了工作上，可能买面包时他在思索篮球比赛为什么火箭又负于勇士而走神了，又或是他确实对'切片面包'这四个字存在阅读理解障碍。"

"我替他找了好多冠冕堂皇的借口，最后我才说服自己去承认：其实，他并没有那么在乎我。"

随着两人之间的矛盾越来越多，情节不免落入俗套。

柚子姑娘哭着问灌木先生："你爱我吗？"

灌木先生显然因她提出的这个问题而倍感委屈，他信誓旦旦地回答："当然！我爱你，心里有你，经常会想你。"

是不是很有必要建议灌木先生重回爱情补习班修炼一下呢？

同是共产主义的接班人，他也应该对马克思说过的"理论联系实际""认识与实践相结合"这些真理烂熟于心啊。

只会甜言蜜语，却不付诸行动，这叫爱吗？

听完灌木先生的回答，柚子姑娘果断提出分手，灌木先生变前任。

003

很难想象第一次见面吃烧烤时对柚子姑娘体贴入微的温润如玉的“暖男”会如此粗枝大叶。

其实，原因很简单：这种细心贴心温暖，是不需要成本的。

每次考试前的班会上，老师都会千叮咛万嘱咐：答题时要细心，不可粗心大意！

从小到大，男孩子接受的教育都是：你是男生，要让着女孩子！

所以，这种所谓的细心贴心温暖，就像工具箱里的一把小锤子、放在桌子上的抽纸、汽车上的雨刷，需要时，就可以信手拈来，看起来让人温暖，实则肤浅。

男人在追求喜欢的姑娘时，骨子里会散发着各种温暖细胞。等抱得美人归后，就可以分辨这种温暖是否天生拥有或后天形成。天生拥有的温暖固然美好，而后天形成的会产生畸变。当他这细心的“温暖”真真切切地消失时，那种冷是足以冷到骨子里的。

二、润物细无声

001

柚子小姐的现任男友，不，她的未婚夫是乔木先生。

相对于灌木先生一开始所表现出来的细致，乔木先生称得上一个大大咧咧的男人。

热恋时，他开车过来接柚子姑娘。停车——下车——绅士地帮她打开车门——再关车门，嗯，这是电影里的片段。而乔木先生不会，他只会安静地待在车里，等柚子姑娘上车后，再吐槽柚子姑娘无安全意识，直到她系上安全带为止。

冬天，陪柚子姑娘爬山，他不会背着保温瓶随时待命，更不会手牵手当护花使者。看到柚子姑娘累得娇喘吁吁，他嘿嘿笑道："我就是一个长工，婚姻讲究门当户对嘛，跟着我，你逃脱不了丫鬟的命运。可别丫鬟命，小主病。有本事你嫁给万岁爷去！"柚子姑娘气得爬得飞快，转眼间落下乔木先生十几级台阶。

可是，就是这么一个不拘细节的男人，向柚子姑娘求婚成功了。

002

无八卦就无娱乐。怀着一颗八卦的七窍玲珑心，我们不断询问柚子姑娘："到底乔木先生是怎样俘获你的芳心的？"

柚子姑娘歪头想了想，大大的眼睛里装着满满的幸福。

柚子姑娘生理期总会乏力头晕肚子疼，身体不舒服时难免落寞，打电话给乔木先生，乔木先生听完柚子姑娘的絮絮叨叨后，说："我在开会，先这样哈。"柚子姑娘刚想说下班后早些回家，那边已经挂断电话了。

柚子姑娘吐吐舌头，对我们说："虽然现在'多喝水'带着贬义，可是他连'多喝水'这三个字都不会说。"

晚上，乔木先生晚回了差不多一个小时。他进屋后轻描淡写地说："加班，回来晚了。"然后从包里掏出两包新疆红枣扔给柚子姑娘，"公司同事给的，当零食吃吧。"

柚子姑娘还带着小情绪呢，吃红枣时故意把包装袋了弄得哗哗作响，心想："我肚子疼打电话求安慰你都不理不睬！不理不睬就罢了，也不知道早回家陪陪我！"

乔木先生装作若无其事地去厨房做饭了。

第二天早上换垃圾袋时，柚子姑娘无意间发现了被揉得皱皱巴巴的购物小票，原来红枣是乔木先生特意去大润发超市购买的。乔木先生的公司离他们住的地方只有十分钟的车程，而大润发超市离乔木先生的公司有足足三十分钟的车程。

柚子姑娘拿着那张购物小票怔怔出神了好久，心里暖暖的。想想昨晚对乔木先生的误解，她心里又满是愧疚。

都说考驾照三分靠打拼，七分靠运气。

可柚子姑娘在考驾照的路上风里来雨里去，打拼了好几个月，却一直没过。

当科目二考试第四次失败时，她哭着打电话给乔木先生。

乔木先生那时正在南京出差。

柚子姑娘哭得呜呜咽咽："我运气太背了些，这次把安全带插到副驾驶上去了。"

乔木先生安慰她："不要哭了哦。地球是运动的，一个人不会永远处在倒霉的位置上。"

柚子姑娘这时正需鸡汤，听到这句话，顿感柳暗花明。乔木先生接着说："我搞不明白，地球在运动的时候，你跟着它瞎转悠什么啊，保持静止不行吗？"

柚子姑娘又感觉山重水复，默不作声。

乔木先生在电话那边似乎感受到了柚子姑娘的伤心，语气温柔了一些，说：“没事儿，只是一次考试而已，屡败屡战嘛。”听到“屡败屡战”这四个字，柚子姑娘哭得更凶了。

晚上8点多，乔木先生从南京飞回来了。他陪着柚子姑娘吃饭看电影，柚子姑娘的心情明朗了许多。

第二天柚子姑娘醒来，旁边的乔木先生不见了。她打开手机，看到乔木先生发的微信：猪，临时接到通知，得去武汉出差，我去机场了。

时间是凌晨4点10分。

过了几个月，乔木先生一个要好的同事来他们家做客。吃饭闲聊时，同事跟柚子姑娘吐槽他的老板：“有一次领导给我们制订了出差计划，从青岛飞南京，再从南京飞武汉，最后从武汉返回青岛。乔木在南京时，家里不是有急事吗，要先回青岛一趟，然后再飞武汉。为这事儿，领导很不乐意，找理由扣了他三个月的奖金。”

柚子姑娘余光里看见乔木先生在给同事使眼色，可同事忙着剥螃蟹呢，根本没看到。

然后，同事抬起头问柚子姑娘：“那天你们家到底有什么急事啊？”

柚子姑娘起身，说：“我去趟洗手间。”

走到洗手间，她终于忍不住，眼泪大颗大颗地流下来。

柚子姑娘说：“那一刻，我认定，这辈子，就他了！”

003

每个姑娘都希望自己是公主，被宠着呵护着，柚子姑娘也不例外。她曾经埋怨过乔木先生，为什么在小事上不能多体贴她一些呢？

乔木先生笑了，无奈地说道：“你自己没手吗？自己没脚吗？自己没嘴吗？自己力所能及的事儿，我帮你岂不是多此一举？如果大事儿小事儿都由我出马，你对我产生依赖感，你还能独立自主吗？你还是你吗？舒婷说得好，绝不做攀缘的凌霄花！说不好听的，你要是退化成一只有脚却不能行走的树懒，我作为一棵树，岂不得郁闷死？”

柚子姑娘无言以对，但是对他的这番话心服口服。

著名心理学家M.斯科特·派克说：“真正意义上的爱，可以让自己和他人的心灵不断成长，心智不断成熟。”

看看现在的柚子姑娘，T恤牛仔裤，素面朝天，身上却散发着一种明亮但不耀眼的光芒，独立、成熟、不患得患失。这种魅力既是一种自我修炼，也离不开乔木先生对她的潜移默化的影响。

乔木先生的爱从来不表现在形式上，内心却一直默默地呵护着柚子姑娘，润物细无声。这种爱，用心、深刻、沉稳，就像《灌篮高手》中湘北队里三井寿的三分球一样，稳、妥、有力。

柚子姑娘跟乔木先生举行婚礼那天，作为铁杆闺密，我们都到场。

那天，柚子姑娘笑靥如花，乔木先生玉树临风，成熟稳重。当夫妻交换戒指时，我看到他们眼睛里泪光点点。

我们都能感受到，嫁给乔木先生，柚子姑娘肯定会很幸福的。

南有乔木，可休思。

你/装饰了/别人的/梦

一

那是个很舒服的秋日午后。

白云像棉花糖般，一颗颗散落在宁静又湛蓝的天空中，微风吹来，落叶开始舞蹈，给偌大的操场增添了些许灵动。

我混在男生群里跟着他们踢足球。我是一只“菜鸟”，他们在旁边七嘴八舌地指挥着我：

“两手放松，踮起脚，重心前移。”

“冲刺——踢球！”

跑着跑着，听到号令，我用足力气，一脚把球踢飞。足球在空中划出了一道美丽的弧线，却跟我作对般，远远偏离了球门，往场地外飞去。只听见砰的一声，球不偏不倚地砸在了一个男生头上。

夕阳下，那男生拿着足球气冲冲地向我走来。

所谓“先发制人，后发制于人”，待那男生走近，我故作镇静地“质问”道：“你干吗挡住我的球？都怪你，球才没有进球门！”

他气得脸红脖子粗，把我拉出场地讲道理。一番争论，争到最后，我们俩都笑了。最后，我买了两个冰激凌，送他一个，作为补偿。

夕阳西下，已是黄昏。我和他坐在台阶上边看他们踢球边吃冰激凌，天气有些转凉，我俩冻得瑟瑟发抖。“大秋天的买冰激凌吃，”木木笑道，“你真是个怪胎！”

不打不相识，就这样，我跟木木认识了，并成为铁哥们儿。

木木每天开着一辆桑塔纳来上课，桑塔纳是老款，破旧得像个老古董。大学几年，我不得不感谢这辆老掉牙的车。很多次出去打工，怕迟到，我都是借木木的车来救急的。“哥们儿，借你的车用一下。”不管是在看书，还是在吃饭，他听到我的话从来没犹豫过，熟练地从口袋里摸出钥匙，隔空扔出，钥匙稳稳地落到我手里，动作行云流水般，一气呵成。他说：“小鱼，用我的车得请我吃大餐哦。”可是，每次请他吃饭的时候，他都抢着付钱。

木木如此豪爽，所以，当木木让我帮忙追求林清宛的时候，我犹豫了片刻，还是答应了。

二

林清宛是我们系里一枝花。她从小学习舞蹈，气质如白天鹅一般。有时候上帝就是不公平的，不仅给了她漂亮的容貌，还给了她温柔善良的性格和聪慧的大脑，所以男生喜欢她，女生也嫉妒不起来。

我对木木说：“小子，你眼光可以啊。”

木木沉醉：“所谓爱情，就是看到对方有种心跳加快的感觉。”

我撇撇嘴：“心脏病发作的时候也会心跳加快呢。”

木木一巴掌拍在我细碎的短发上。

为了木木，我慢慢走近林清宛，约她一起去图书馆，一起买零食，有时候还要找借口请她吃顿饭。当然，饭钱可以找木木报销。

木木还怂恿我跟他一起加入了学校的舞蹈社团，因为清宛就是社团团长。

有一次木木拉着我去舞蹈社团练习舞蹈，清宛从我们身边走过时，木木大声对我说："小鱼，我给你讲个冷笑话吧。"

我赶紧附和："好啊，好啊。"

木木说："从前有个捉迷藏社团，他们的社长到现在还没有找到。"

我还没有反应过来，林清宛清脆的笑声在身后响起，"这笑话太有趣了。"她说。

我装作很惊讶的样子，说："咦，清宛，你也在这儿呀。"然后把木木推到她前面，"这是我哥们儿，木木。"

就这样，木木如愿以偿地搭讪了林清宛。

木木幽默爽朗，是个比较生动的人，可在清宛面前，他就不由自主地变得僵硬起来，可能太喜欢太在意一个人会变得失去自我。当然，这种坠入情网的"失去自我"是甜蜜和快乐的，因为爱情嘛。

有一次排练舞蹈时，清宛没在。木木跟在一个身段妖娆的女生身后，学她跳舞。他夸张地扭扭腰，挥舞胳膊，自我陶醉地把头发一甩，眼神故作妖媚状。高高大大的他跟这柔和的舞蹈完全格格不入，太有违和感。我们都笑得前仰后合。这时，清宛开门进来了。木木看到她，立刻停止了“搔首弄姿”，红着脸站在那儿，手不停地挠着头。清宛笑着走近木木，对他说：“你扭得比她好看。”

清宛跟木木渐渐熟识了。我们三个人经常一起吃饭，上晚自习。木木会帮林清宛打水，买早餐，有时候会给清宛买礼物，怕她拒绝，会一次准备双份，一个给她，一个给我。

我问清宛：“你觉着木木怎么样？”

“木木很不错啊，又高又帅又幽默。”聪慧如她如此说，“可是木木不是我的理想型，我跟他只能做普通朋友。”

我把清宛的话原封不动转述给木木，木木听完，眼睛里一下子充满了忧伤，他说：“小鱼，我该怎样做，她才会喜欢上我？”

“等等吧，或许是缘分未到。”我轻声安慰木木。

临近毕业，有一次吃饭，清宛带来一个男生，向我跟木木介绍：“他是我的男朋友，周建。”木木起身跟周建握手，然后若无其事地谈笑风生。

吃完饭，木木对我说：“小鱼，陪我喝酒去吧。”酒吧里，木木端起酒杯，大口大口地喝下去，就像饮尽了所有的孤愁与悲凉。

我实在看不下去了，夺下他的酒杯，说：“木木，你喜欢清宛，就要去争取啊，一个劲地自顾喝闷酒，你怂不怂？”

木木苦笑，说：“小鱼，你注意到清宛看周建时脸上漾起的笑容吗？她从来没有这么深情又温柔地冲我笑过。我不能再纠缠下去。爱一个人，就要让她幸福。”

木木喝得酩酊大醉，回学校的路上，他走路摇摇晃晃，边走边唱。

回到校园，我看到前面有一个女生，故意吹了一声响亮的口哨。那女生回头，等木木走近，抬起高跟鞋狠狠地往木木脚上踩了下去。木木痛苦地大喊大叫。

他蹲下一边揉脚一边对我说：“小鱼，下次帮我撩一个温柔点儿的女生好吗？”

每次我跟木木开玩笑，他都会乐得哈哈大笑。这次，他没有笑，或许，失恋的悲伤已经淹没了所有的欢乐。

我目送他一瘸一拐地走向宿舍，背影高大又凄凉。

三

毕业后大家开始投简历找工作找房子，忙得昏天暗地。我找了几天，都没有找到合适的房子。清宛说，她家隔壁有房子要出租，价格实惠。于是，我挨着清宛住了下来。

近水楼台，我经常去清宛和周建家蹭饭吃。每次都是清宛在厨房里忙碌，我打下手，周建一个人在电脑前玩游戏。

刚毕业实习那会儿，工资都不多。清宛在一家外贸公司从跟单做起，她聪慧又能吃苦，辛辛苦苦打拼了一年，现在已经是部门主管。可周建一年内换了好几个工作，不是被辞退，就是自己干不下去。

有一天周末我在家午休，隐隐约约听见急促的敲门声。我睡眼蒙眬地起床开门，看见清宛站在门口，穿着宽松的毛衫，头发凌乱，眼睛哭肿了，脸上还有一个红红的手印。

我拉她进屋，赶紧问："怎么了？"

清宛哭着说："我跟周建商量着一起买房子，我算了算父母给我的钱和我自己攒下的钱，离首付还差15万。我让周建想想办法，看看能不能向亲戚或朋友借一借。谁知他说我是嫌他没工作，嫌他穷，在难为他。"

清宛对周建说："我不是嫌你穷，你的工作也可以慢慢找，但你不能整天玩游戏自暴自弃啊。"

周建跟清宛吵了起来，最后周建打了清宛一个耳光，清宛夺门而出。

清宛对我说："我想跟周建分手了。"

我用热水帮她敷脸，说："清宛，你知道吗？我多么希望你跟周建能一直好下去。"

有一天木木打来电话，一如既往地向我问起清宛。我叹了叹气，说："周建回老家工作了。他们分手了，清宛现在心情很不好，一个人在为买房子而奔波。"

木木在电话那头沉思了一会儿，说："小鱼，你能再帮我个忙吗？"

我敲了敲清宛家的门，对她说："有个朋友在你看好的那个小区有套房子，因出国要急于出售，比市场价便宜15万左右。"

清宛听到这个消息后兴奋得在屋子里转了好几个圈，连衣裙飘飘，像朵绽放的喇叭花。

她以最快的速度买下了那套房子。看到她快乐的样子，我欲言又止。我答应木木了，要替他保守这个秘密。

那天，木木接连抽了两根烟，对我说："小鱼，我想看到清宛的笑容。"

我说："木木，清宛已经跟周建分手了，你大胆去告白吧。"

木木说："答应我，先替我保守这个秘密，我会对她好，会慢慢打动她的。”

对一个人的爱，像一树花开，璀璨又热烈；又像一弯明月，安静且落寞。

清宛搬家那天，木木累得满头大汗，却很快乐。木木，这些年来，你肯定爱得很累吧?

我思考了许久，拉着清宛来到阳台，说：“你知道吗，这房子其实是木木买下的……”

清宛听完，转身看着忙里忙外的木木，眼圈发红。

四

那天，木木和清宛请我吃饭。他们坐在我对面，手牵手，两个人对视时，眼睛里都散发出温柔的光芒。

我朝帅气的服务员喊道：“你好，来几瓶纯生，再来一盘夫妻肺片。”

那天，我喝了很多，生平第一次喝这么多酒，酒精烧灼着我的胃，火辣辣地难受，头顶上的灯由一盏变为两盏，又由两盏变为无数盏，我醉了。

吃完饭，我们打车先来到我住的小区。下车时，木木背起我送我回家，清宛在旁边扶着我，这是我第一次跟木木近距离接触，我听见路边蟋蟀的叫声，听见木木稳健的脚步声，闻见花香。趴在木木宽厚的背上，我的眼泪不由自主地流下。

木木，你知道吗？那年，我踢的足球不小心飞到了你头上，看见夕阳下清清爽爽的你向我走来，我听见自己心跳加快的声音。

那天，知道清宛恋爱后，你喝得大醉，目送你回宿舍时落寞的身影，我的心也感到疼痛。那一刻，我知道，我已经深深爱上了你。

可是，爱一个人，就要让他幸福，不是吗？我只能小心翼翼地把这份感情隐藏在心底，不敢露出冰山一角。只要你幸福，就足够了。

清宛始终都是你的明月，你一直这样望着，却不知掬一碗清水，即可映照那轮明月，我愿为你做那碗清水。

而你对我而言，只是一场梦。或许，明天醒来，这场梦会像清晨的露珠，随着太阳的升起，慢慢消失。

“明月装饰了你的窗子，你装饰了别人的梦。”

幸福只会迟到，不会缺席

木朵很安静，是我认识的人中最安静的一个姑娘。

都说木朵很美，细长眉眼，微卷的秀发，嘴角总是向上弯成一个好看的弧线，如诗如画。

她身上总带有一种若有若无的书卷气，这跟她的职业有关，她是一名插画师。

我喜欢她的作品。不管是随意的涂鸦，还是深思熟虑的创作，温柔的画面中始终带有一种洒脱和力道。那种感觉，就像是一个温柔似水的女孩子穿着牛仔裤和T恤在跳街舞，招很稳，舞姿果断流畅，绝不拖泥带水，却又热情似火。

对待爱情，木朵也如此，温柔中带有满满的执着与热情。

一

那一年，我们在同一家杂志社工作。我是审核编辑，她是美编，我们俩的工作配合得很有默契，又因为年龄相仿、爱好相似，很快我们就成了亲密的姐妹淘。

有一次，公司组织聚会，地点选在一家叫“乐邦”的酒吧。一进酒吧，我跟木朵相视会心一笑。这家酒吧是复古的装修，音乐很平缓，桌椅很古老，灯光的亮度恰到好处，一个“慢”，一个“旧”，是我们共同喜爱的风格和色调。

酒吧是一个叫Raffey的法国人开的。听说他是一名生物学教授，学校派他来中国交流学习，结果他对中国文化越来越感兴趣，后来索性就在中国定居了。

酒吧离我们公司很近，休闲时间，我们俩经常结伴去酒吧，聊天、学习、工作，在舒缓的音乐中，工作、学习效率提高了不少，不少创作的灵感也在这里迸发。

我们喜欢来这儿，还有另外一个理由，就是这家酒吧的法国老板特别好，每次都会变戏法般送我们一些炸薯条、爆米花等小吃，有一次还送了我们一个芝士比萨，让我们俩一阵欢呼雀跃。

有一天晚上，我们来到酒吧，发现酒吧聘请了乐队演出。

音乐缓缓响起，主唱富有磁性的声音深情响起。他唱的是《白月光》：

白月光 心里某个地方，那么亮 却那么冰凉

每个人 都有一段悲伤，想隐藏 却欲盖弥彰

……

一曲听完，木朵已泪光点点。她说："米苏，这人的声音太摄人心魂了。"

然后她走到主唱那儿，跟主唱握了握手，要了一张名片。

主唱叫宾布，跟其他音乐人不同，他留着板寸头，脸如雕刻般，五官分明。

一天上班时间，我发给木朵文章，让她帮忙配图。她对着电脑，双手托腮，好像凝神思索什么，我接连喊了几遍，她都没听见。

我走过去，把手放在她眼前晃了晃，这时她才意识到我在，不好意思地笑了笑。然后她轻启朱唇，问我："米苏，喜欢上一个人是什么感觉？"

我想了想，说："喜欢一个人，就是不管自己在吃饭，还是喝水，他都会在脑海中出现，挥之不去。而且在人群中一眼就可以认出他，因为其他人的身影都是模糊的，唯独他是清晰的。”

木朵沉默了一会儿，说：“米苏，我好像喜欢上了一个人。”

木朵面前的桌子上放着一张涂鸦，涂鸦中的人留着板寸头，手拨琴弦，棱角分明。

我一惊：“木朵，他是有妇之夫，万万不可以！”

木朵当时二十三岁。彼时，宾布三十多岁，已经结婚，老婆名叫江美。

木朵苦笑了一下，说：“我知道，可我就是这样不可救药地喜欢上了他。他像一个倒影，映在我的心上。不过，你放心，我不会为了扶正他的倒影，而去颠覆整个世界。”

我长长舒了一口气。

二

酒吧还是常去的，我拗不过木朵的执着。

乐队每周二、四、六都去酒吧演出，宾布唱的大多是抒情慢歌，他的歌声为酒吧洒下一片温柔的白月光。

木朵每次都坐在固定的位置，目不转睛地注视着宾布的侧脸，如痴如醉。

江美也是这家酒吧的常客，有时她会跑到我和木朵这边坐下和我们聊天。

坦白说，我并不喜欢江美。据说，江美曾经有一个不务正业的男友，而且她至今还跟前男友藕断丝连。

江美有些过分追求物质，聊天中总是掺杂着对宾布的不满。有一次，她向我们抱怨道："我看好了一款LV包包，也不知道宾布什么时候能够把钱攒够。"

木朵听后轻轻叹了一口气。此后，木朵每次都投两百元向宾布点歌，她经常点的歌曲就是那首《白月光》。

可能是为了表达谢意吧，宾布有时候会有意无意地看向木朵，并报之一笑。

木朵对我说："米苏，他知道我在意他，就足够了。"

Raffey又让人送来一盘法式炸薯条，金黄酥脆，香气扑鼻。

我拿起薯条，蘸了点番茄酱，边吃边说："木朵，你该醒醒了。你知道什么叫作'为他人做嫁衣'吗？"

我的话不偏不倚正好戳到了木朵的痛处，她喊来服务员，说："给我来一杯果汁。不，换成三杯金汤力，麻烦多放一些金酒。"

"想一醉方休吗？"

“嗯。”木朵点了点头，“喝完这三杯酒，我就彻底忘了他。”

Raffey跟服务员一起来到我们桌前，用不流畅的普通话对我们说：“你们女孩子，喝酒可以吗？”眼睛里写满了担心。

木朵歪着头，对Raffey说：“没事儿，我自己喝，米苏不喝，她送我回家。”

为什么我感觉Raffey眼里的担心有增无减呢？

好吧，木朵，喝吧，我送你回家。希望你醒来后，世界还是那么清晰美好，希望明天还回一个明亮快活的你。

木朵不胜酒力，喝完第二杯，她的眼睛就变得晶晶亮。她指着宾布，大声对我说：“米苏，你看看他多有魅力，你看看他，像不像我的白马王子？”

我急忙捂住她的嘴巴。

这时，一群人冲进酒吧，把酒吧门反锁上，然后直奔舞台，开始砸吉他，砸音响。

我吓得捂住脸，偷偷从指缝间望去，看见有几个人围住宾布，开始对他拳打脚踢。

江美抱住其中一个人，哭喊道：“你放了宾布，不关他的事儿，是我自己要嫁给他的，我答应你的，一定会跟他离婚！”

一猜便知，这人是江美的前男友。

酒吧里乱作一团，有的人想开门逃走，有的人坐在位置上静观其变。

木朵摇摇晃晃地从椅子上站起来，我拉她坐下，却怎么也拉不动。她挣脱我的手，踉踉跄跄地跑到宾布面前，双手一伸，对他们说：“你们、你们，你们几个不许再动他一根手指头！”

突然间冒出一个姑娘，几个人一时不明所以，暂停了对宾布的殴打。

我局促不安，赶紧跑过去。跟我一起跑过去的，还有Raffey。

Raffey手脚麻利地挡在木朵面前，一字一句地说：“这里是我的酒吧，你们都离开！”普通话说得很蹩脚，但有一种不可抗拒的气势。

几个人回头看看江美抱住的男人，那人说：“都撤了吧。”然后走到宾布旁，对宾布说，“这次就先这样，下次你给我等着！”

那群人撤离了，宾布第一时间跑到江美旁边，把她拥在怀里，用手轻轻地给她拭干眼泪，喃喃地安慰着她。

木朵无力地靠在墙上，醉眼望向宾布和江美，眼泪大颗大颗地滴落，说不出的凄凉。

Raffey站在木朵旁边，他眉头紧锁，双手做出一个环抱的姿势，生怕木朵倒下。

此刻，酒吧里没有音乐，桌椅杂乱不堪，昏黄的灯光投下一片淡淡的忧伤。

怔怔了一会儿，木朵向Raffey笑了笑，说：“谢谢你。”然后拉着我的手离开了酒吧。

木朵的笑容依旧那么美。

突然想起了林夕的一句歌词：漂亮笑下去，仿佛冬天饮雪水。

三

后来，听说宾布带着江美离开了这座城市。

之后很长一段时间，我们再也没有去过乐邦酒吧。对木朵而言，酒吧里有太多美好又悲伤的记忆。

有一天中午，同事的手机响起，他的手机铃声正是《白月光》，张信哲深情的声音缓缓流出时，木朵瞬间泪流满面。

郭敬明说：“当悲伤逆流成河，轻易一段文字便会勾起记忆最深处的那道伤，轻易一个画面都会碰触心底最脆弱的那根弦，轻易一段对白会喷涌出眼眶最酸涩的那抹泪。”

关于宾布，关于乐邦酒吧，关于《白月光》，都已经成了木朵的软肋。

木朵哽咽地对我说：“在所有的记忆和感情里，始终都是我一个人的兵荒马乱。”

哦，不对，跟着兵荒马乱的，还有一个人，那个叫Raffey的法国男人。

有一次我走出写字楼去买午餐，看见Raffey站在大厅里东张西望，像是在等待一个人。

我走过去，笑着打了声招呼。

Raffey小心翼翼地问我：“木朵好一些了吗？”英俊的脸上写满了关切。

原来他只知道我们在这座写字楼上班，却不知道具体楼层，只能在这里“守株待兔”。

“她清瘦了不少。”我说，“毕竟，这需要时间。”

Raffey把装薯条和比萨的盒子递给我，说：“你跟木朵一起吃吧，让木朵多吃一些。”

我忍不住一乐。

他又说："对了，不要告诉木朵是我送来的，她需要时间去疗伤，我不想在这时给她添乱。"

我点点头，应许了。

很多时候就是这样，我们容易把目光和精力聚焦在一个人的身上，却忽略了另一份深情和另一片美好的风景。

或许，上帝就喜欢开这样的玩笑，明明最好的人就在不远处，却让我们在云里雾里苦苦寻找，摔得鼻青眼肿、遍体鳞伤。

等从困惑、迷惘和痛苦中走出来，抬头一看，风和日丽、碧空万里，而他（她）就在身旁，一如既往温和地微笑着，那个曾被我们视若无睹的微笑，是那么灿烂、温暖，像把人融化般。

四

有一天，我收到木朵发来的微信，是一家三口在埃菲尔铁塔下的合影：高大又英俊的Raffey，温柔淡雅、嘴角上翘的木朵，还有一个混血小萝莉，有着深邃的眼睛，笑起来跟木朵一样，如诗如画。

我说：木朵，你很幸福。

她说：是的。

心有灵犀般，过了许久，木朵又发来一段话：

你是我 不能言说的伤，想遗忘 又忍不住回想

像流亡 一路跌跌撞撞，你的捆绑 无法释放

白月光 心里某个地方，那么亮 却那么冰凉

每个人 都有一段悲伤，想隐藏 却在生长

似乎又回到了匆匆那年，乐邦酒吧里，《白月光》又响起，与以往不同的是，木朵已不怕再提及这段忧伤的插曲。

是哦，我们每个人都有一段悲伤，想遗忘，却无法释放。

可我们每个人终究会找到真正属于自己的那份幸福。幸福可能会来得早一些，也可能会来得迟一些，但幸福从来都不会缺席。

只要坚信幸福终会到来，其他的都不再可怕了，不是吗？

纵使悲伤逆流成河。

遇见更好的自己

一

前几天看了一个短片，印象深刻。

一个女孩跟相恋多年的男友分手后，痛苦挣扎了一段时间，决定与过往来个告别，于是她搬家了。

搬家后，她心里空荡荡的。往事如风，时时吹向心田，斩不断，理还乱。

有一天，有人约她一起喝咖啡。她对这个约会充满期待，精心化了妆，从衣橱里千挑万选出最漂亮的礼服穿上，对着镜子左顾右盼，美得无可挑剔。她兴冲冲地准备出门时，又接到电话，他说："对不起，临时有事儿，今晚的约会取消。"

挂断电话，她颓废地坐在沙发上，旧恨

新伤如忧伤的潮水，慢慢将她淹没。她把脸埋在双手里，哭得梨花带雨。

这时，楼上响起钢琴声，琴声悠扬婉转，像泉水叮咚，像春笋破土。

她渐渐停止了哭泣，侧耳聆听楼上传来的琴声，透过窗子向外望去，不知何时，深夜的空中升起了一轮明月。琴声就像一剂良药，把她那晚的悲痛治愈了。

后来，每天晚上，她都会听到琴声。不管是在电脑前做合同，还是躺在沙发上闭眼小憩，琴声都会传来。不知不觉，她越来越依赖这个琴声，也对楼上的住户产生了好奇。

他是钢琴家吗？是音乐老师吗？百般猜测，无法落实。她想上门拜访，却又没有勇气。她心里默默地给楼上弹钢琴的人起了个名字：大师。只有大师才能弹奏出这么美妙的音乐，她心想。

有一天下班后，她冲好咖啡，坐在书桌前，静静地等待楼上的琴声，可过了很久，还是一片寂静。一连几天都是如此，她内心空虚、失落，眼神里充满了失望。

有一天，百无聊赖时，她突发奇想，迅速从网上购买了一架二手钢琴。

钢琴摆在客厅里，她虔诚地坐在钢琴前，手指落下，渴望听见悦耳的琴声。结果，手指同时按下了两个琴键，声音好有违和感。

她好想用钢琴弹奏一首曲子啊，哪怕自己的水平是楼上邻居的十分之一，只要单调的音符能够成曲即可。

于是，她报了钢琴班，跟着老师从零基础认真学习起来。万事开头难，钢琴入门枯燥无味，她持之以恒地学习着，甚至在公交车上也戴着耳机听着音乐，闭着眼睛，双手在想象中的琴键上跳跃。

慢慢地，她弹奏的音符变成了曲调，入门乐谱变成了进阶乐谱。

有一天晚上，她刚坐到钢琴前，楼上久违的钢琴声开始响起。

她闭上眼睛，准备聆听这动人的音乐。

听了不到一半，她意识到，这好像不是大师弹奏的钢琴曲，而是熟悉的旋律，可是有错音，很多错音。

可是，这明明就是楼上的钢琴曲啊。

她在客厅里走来走去沉思良久，一侧身，目光落到钢琴上的那一刻，她意识到，原来不知不觉中，她对各种乐曲已十分熟稔。

短片结束了，却意犹未尽。

我在想，从她开始学习钢琴之时，她的痛苦、失意与泪水已经不复存在。所以，只有自己，才是自己最终的治愈师。

在她不断学习弹奏钢琴的过程中，已经遇见了更好的自己。

二

小美是我之前的同事，她入职比我晚半年。小美是计算机专业出身，我第一次见到她时，她戴着瓶底厚的眼镜，不善言辞，放在人群中很不起眼，可笑起来很真诚。

她的办公桌就在我的旁边，座椅往后一旋转，就可以看见对方。小美性格比较内向，因为办公桌离我近，所以整个办公室里，她只跟我交流多一些。

她整天对着电脑整理表格和数据，工作有些枯燥无味。有一天，她对我说："米苏，真羡慕你，可以用韩语自由地跟同事们交流。"

我当时在公司负责外贸，公司是韩企。我当然知道我的韩语水平一般，也知道我在这门语言上的不足和缺陷。但对一个对这门语言什么都不懂的外行人来说，我的水平看起来已经足够高了。

我对小美说：“你也可以说得跟我一样，甚至比我还好。”

“是吗？”小美半信半疑，眼神在眼镜下闪烁着不自信。

我鼓励她说：“韩语入门很简单，学起来也很有趣。你要是感兴趣的话，学起来就会事半功倍。”

小美不是拖泥带水的姑娘，她很快从网上买了韩语基础书，工作之余开始自学。遇见不会的发音和语法，她就过来问我，周末还报了个学习班。

当时公司有宿舍，小美跟我住一个宿舍，每天晚上她都在床上看书背单词到深夜，好几次我睡得恍恍惚惚时，睁开眼，看见她还在灯光下孜孜不倦地学习。

要么不做，选择了就会一如既往地坚持，我心里有些敬佩这姑娘。

过了有半年多，小美开始跟韩国同事用韩语交谈，虽说得不是很流利，但意思可以表达清楚，而且整个人变得自信了不少。她的进步是有目共睹的。

有一次，社长把我叫到他的办公室，说公司决定派我和另一名同事去韩国总社工作一年，这算是一次难得的进修机会。我思索再三，决定放弃，因为当时我已经结婚有了家庭。

社长沉默了一会儿，对我说：“你再推荐一个人吧，代替你，但必须会韩语。”

被派去的另一名同事学的专业就是韩语，有得天独厚的优势。我们公司做外贸，所以同事们的英语水平都还不错，但是会韩语的寥寥无几。我推荐了小美，那时她已经通过了韩国语言能力中级考试，水平更上一层楼。

小美去了总社工作。期间我们一直保持着工作和生活上的联系，她会给我发各种照片，有独具韵味的咖啡店、路边的一只可爱小狗，还有东大门的夜景……她说她一直在努力学习韩语，工作之余就跟同事喝咖啡，跟小区里的老太太一起聊家常。

小美进修回来后请我吃饭，见到她我差点没有认出来，好美的一个姑娘。隐形眼镜代替了“厚瓶底”，长发微卷，化了淡妆，穿衣品味也上升了不少。

吃饭时，我们两人一人一瓶啤酒，小美说：“米苏，谢谢你。”

我说：“小美，你应该感谢的是你自己。你一直在坚持，在努力，才成就了今天的你。”

饭桌上，小美跟我谈天说地，跟之前不善言辞的她判若两人。自信的女人是最美的，那天吃饭时，小美身上似乎有光芒在闪耀。

很多时候，当我们不断坚持的时候，当初我们仰望的眼神会慢慢变成平视。

三

在遇见更好的自己之前，你会先遇见不够好的自己。

我的公众号后台每天都会收到很多来自读者的咨询，包括情感方面的、就业方面的、生活方面的，五花八门。

只要时间允许，我都会按照时间顺序一一进行回复。

可是，很多问题会有bug，或许，当局者迷，旁观者清。

比如，明明知道自己在某一方面有天赋，又不想给自己一个开始去实践，却感叹人生迷茫、人生无常，为自己的懒惰和懈怠找一个理所当然的理由；

比如，明明目标清晰，义无反顾地走下去即可到达终点，却在心里默默地给通往这个目标的路上设置了层层关卡。还没有开始行动，就先被自己的心理障碍给打败了。

人生这趟列车，一旦开动，就再也回不去了。

如果有了清晰的想法或目标，不要徘徊与犹豫，请尽快付诸行动。

有了开始就有了希望。

而唯有努力与坚持，才可以遇见更好的自己。

图书在版编目（CIP）数据

我敢让自己活得不一样／提拉没有米苏著．—青岛：青岛出版社，2016.9

ISBN 978-7-5552-4332-8

Ⅰ．①我…　Ⅱ．①提…　Ⅲ．①散文集－中国－当代　Ⅳ．①I267

中国版本图书馆CIP数据核字（2016）第166917号

书　　名	我敢让自己活得不一样
著　　者	提拉没有米苏
出版发行	青岛出版社
社　　址	青岛市海尔路182号（266061）
本社网址	http://www.qdpub.com
邮购电话	010-85787680-8015　13335059110
	0532-85814750（传真）　0532-68068026
责任编辑	杨　琴
选题策划	杨　琴　颜小欣
封面设计	丫　丫
版式设计	刘丽霞
印　　刷	三河市南阳印刷有限公司
出版日期	2016年9月第1版　2016年9月第1次印刷
开　　本	32开（880mm×1230mm）
印　　张	8
字　　数	150千
书　　号	ISBN 978-7-5552-4332-8
定　　价	36.00元

编校质量、盗版监督服务电话　4006532017　0532-68068670

青岛版图书售后如发现质量问题，请寄回青岛出版社出版印务部调换。

电话：010-85787680-8015　0532-68068629